The Fox Fairy

鍾靈作品

私の，限りなく残酷でいて，怖い手帖——

The Fox Fairy

鍾靈作品

私の，限りなく残酷でいて，怖い手帖——

鬼狐同學
The Fox Fairy

目錄

血營

鬼狐同學

血營

1. 來自廣播的邀請

「午安，西雅圖。這裡是KACL電台，我是柯恩醫生，在空中陪伴著你度過美好的下午時光。在我們進入正題之前，要插播一則消息……讓我看看，嗯，這是一項很有意義的活動……天堂鎮教會舉辦了爲期八天的健身格鬥營隊……哇，好新潮的教會，呵呵……天堂鎮教會希望大家除了心靈上的健康之外，也能夠擁有強壯的身體，如果有興趣的話可以上網報名，網址待會兒會公佈在本節目的網頁中。好了，謝謝天堂鎮教會熱心公益的活動，說得沒錯，心理和生理的健康是一樣重要的——但——這是一個由心理醫生主持的節目，所以讓我們來聊聊你的心情吧。我是柯恩醫生，這裡是KACL電台，你現在正在收聽費雪·柯恩醫生的『傾聽你的心聲』，現在，我們來接聽第一通電話……」

在寬敞的辦公室裡，柯恩醫生富有磁性的聲音在空氣中盤迴著。這裡是西雅圖市中心，克司諾保全公司的女性保全人員專用辦公室，一間略呈長形的辦公室裡雖然有十幾張桌子，但是目前幾乎全都在出勤，只有兩名資深的主任瑪蒂和恩妮留在辦公室裡接聽電話。

瑪蒂是位非洲裔的黑美人，三十一歲，全身上下沒有一絲贅肉，長髮全都結成了髮辮，一笑起來就會看到她潔白但微突的牙齒。三十三歲的恩妮身材比較嬌小，深棕色的馬尾在後腦一晃一晃，顯得十分可愛。雖然瑪蒂和恩妮給人的第一印象都和「保全」扯不上關係，但是她們其實在體能和武術方面都有一定的造詣。瑪蒂曾經是女子摔角選手，對於體力很有自信。至於嬌小的恩妮以前是位女警，她的專長是跑步和拳擊。

「嘿，有點無聊吧？」一杯還冒著白煙的咖啡出現在恩妮眼前。

「是啊……」恩妮移動著滑鼠，一邊說道，「我在看柯恩醫生的網頁……」

「喔？該不會想去參加那個格鬥營吧？」瑪蒂問道。

「有點好奇……啊，在這裡……」恩妮把螢幕轉向瑪蒂。

想要同時擁有健康的身體和強壯的心靈嗎？

八天七夜的天堂健身格鬥營是您最佳的選擇。

我們特別請來全美男子摔角冠軍昆汀·亞歷山大擔任教練，

並且選擇天堂鎮近郊有一百年歷史的聖約瑟修道院作爲場地，

讓您同時提升歷史知識和文化水準——

備註：本行程完全免費，並提供交通接送及膳宿，

名額限十五人，報名請早。

「哈，好像很好玩的樣子。」瑪蒂問道，「反正我還有休假沒用完，參加這個營隊好像是個不錯的選擇。沒結婚的單身女子除了去單身派對之外，現在又多了一個新選擇。」

恩妮也是單身，她喝了口咖啡，說道：「我也還有休假，搞不好會在健身格鬥營遇到不錯的男人……嘿，瑪蒂，妳真的確定要去嗎？」

「嗯？妳想說什麼？」

「嗯……如果妳要去的話，我也報名好了。」

瑪蒂露齒一笑，「有何不可？」

「讓我來看看……線上可以報名，但是要寄駕照的影本過去……」

「我去影印證件，妳負責填資料。」

「OK！」

「……這裡是KACL電台，你現在正在收聽費雪．柯恩醫生的『傾聽你的心聲』節目，讓我們來接下一通來電……你好，我是柯恩醫生，我正在聽……」

「噢，沒想到我真的能打通……謝謝老天爺……我叫妮琪。柯恩醫生，我最近很煩惱，我的家族慶典快要開始了，可是我已經厭倦每年在慶典後收拾善後的工作了……你知道，每次慶典完畢之後，現場簡直就像屠宰場一樣慘不忍睹……」

「屠宰場，這是個很另類也很沉重的比喻，我想妳會用這個詞彙，代表妳所承受的壓力已經超過妳能負荷的情況了……」

「是的，柯恩醫生。我已經受不了了……每年都來一大批客人，他們總是不願意遵守慶典的規範，製造一堆麻煩。我的哥哥史提夫是主辦人，他每次都和客人們發生爭執。老天，眞不知道這種情況要什麼時候才會停止。」

「……這麼看來，這個家族慶典好像不只帶給妳壓力，就連妳哥哥史提夫也感受到了壓力。是的，壓力……壓力可以說是百病之源，現代人總是需要一些消除壓力的活動……」

「噢，柯恩醫生，你不知道，我們的家族慶典原本是爲了消除壓力而舉辦的。每年我們都用最誇張的方法來慶祝，當然，在慶典期間大家都樂在其中，不過結束之後的善後工作簡直就要了我的命……」

「親愛的妮琪，也許妳可以考慮和其他人交換或對調一下工作。妳原本是負責清潔場地的，也許可以換成負責燒菜或者接送客人，這樣應該會對妳的心情有所幫助。」

「……我得承認我沒想過這麼做，也許……也許你是對的，柯恩醫生……我是該嘗試一點新的工作了……」

瑪蒂正從皮包裡拿出證件走向影印機，而恩妮雙手飛快地在鍵上敲打輸入著資料，兩人都無心於費雪．柯恩醫生的廣播節目，也都沒注意到CALL IN來賓「妮琪」訴說的話。

當然，任誰也沒有想到，一個每天都播出的廣播節目竟然會是一把開啟地獄大門的鑰匙。

2. 巴士上的人們

完成休假申請後的第四天，就是入營的日子。瑪蒂和恩妮整理好了行李之後，一起在免費交通巴士停靠站等著車。

那天下著毛毛細雨。如大家所熟知，西雅圖是個有點潮濕，水氣有點重，而且時常下雨的城市。賣雨傘和防水風衣的店鋪在西雅圖總是生意興隆。

在淡淡雨霧中，一輛看起來十分老舊的銀灰色巴士緩緩向瑪蒂和恩妮駛來，巴士上面有塊「西雅圖——天堂鎮」的鐵牌，仔細看的話就可以看見淡紅的鐵鏽痕。巴士擋風玻璃上的雨刷彷彿會吱吱作響似地揮動著，輪胎沿路激起了水花。

「啪嚓」一聲，巴士的門開了。司機出乎意料是名年輕帥哥，沒想到和巴士老舊外表一點都不相襯，有點泛黃的制服上繡著名字：阿曼．高蒙，瑪蒂和恩妮原本以爲司機會是個戴著棒球帽然後看起來至少三年沒洗澡的大老粗。

「嘿，小姐們，是要去天堂鎮的嗎？」雨更大了，司機阿曼的聲音聽起來有點模糊。

「我們要去天堂鎮的聖約瑟修道院。」

「那就快上車吧。」司機阿曼投來還算友善的笑容。

車上除了司機阿曼外，還有五、六名乘客，每個人都帶著行李，看來也都是要去參加營隊的。瑪蒂和恩妮走到後半部的座位坐下後，突然有個女孩子伸手抓住瑪蒂的肩膀。

「嗨，我叫妮可。」幸虧她很快出聲，否則瑪蒂險些本能地把她過肩摔了。

「喔，嗨，我是瑪蒂，這位是我的同事恩妮。」

「妳們也是要參加營隊的嗎？」妮可問。

「是啊，這車上的人應該都是要參加營隊的吧？」恩妮說道。

妮可看起來大概只有二十歲左右，似乎是個大學生，她一面聳肩，一面說道：「我不知道，也許吧。」

「喔，天哪。」恩妮的目光突然停在一名低著頭打盹的男子身上，她悄聲說道：「那是我以前的同事，綽號『老狼』的蓋瑞．維斯班……真沒想到他竟然會在這裡出現……老天，他應該正在LAPD（洛杉磯警局）才對。」

恩妮所指的那名男子大約四十歲左右，六呎高，身材結實但略瘦，一頭有點亂的黃褐色短髮配上POLO衫，實在是不怎麼起眼的男人。

「去打聲招呼吧，恩妮。」瑪蒂推推恩妮，「也許他跟我們一樣來參加訓練。」

「哇，他是警察嗎？」妮可驚訝地盯著蓋瑞。

「小聲點，他可能正在出任務。」曾經是女警的恩妮這時突然覺得這個名叫妮可的年輕女孩沒什麼大腦，一點常識都沒有。

幾分鐘之後，禁不住瑪蒂的鼓吹和自己的好奇心，恩妮果然還是走到了「老狼」蓋瑞身邊的座位，坐了下來。

「恩妮．鮑爾？」「老狼」蓋瑞第一眼就認出恩妮，但是他的臉上並沒有重逢的喜悅。

「嗨，我就知道是你！」恩妮小心翼翼地試探，「你怎麼會到西雅圖？」

「來放鬆一下心情……我的朋友推薦我參加天堂鎮的營隊……這麼說起來妳也是——」

「我和同事瑪蒂一起報名。你最近混得如何？你太太寶拉還好吧？」

「很好，一切都是老樣子。」蓋瑞神情平淡，「寶拉最近迷上了編椅套，妳能相信嗎？在熱死人的夏天裡把一球球該死的毛線放在腿上編來編去。」

恩妮哈哈一笑，蓋瑞的太太寶拉是警局裡出了名愛做家事的賢慧太太，她以前竟然無聊到用蕾絲紗線鉤成槍套，當作結婚週年禮物。任誰都會覺得外號「老狼」，辦案冷靜精明冷血的蓋瑞帶著手編蕾絲槍套是件可笑至極的事。

蓋瑞和恩妮曾經在同一個組裡共事，但時間並不長。蓋瑞後來調到了LAPD，恩妮也離開了警界。但在恩妮短暫的記憶裡，她知道蓋瑞是個非常忠於職守的人，雖然不像影集的英雄那麼風光，不過在西雅圖警界裡也有一定的名聲。

「總之，能遇見你眞好。」

恩妮隨後下了結語，但蓋瑞似乎並不這麼想，他猶豫了一會兒，才露出笑容。

「我也很高興，恩妮。」

巴士駛離市中心約一個多鐘頭後，嘮叨不已的妮可·唐納利已經把她所有的故事都說了一遍，在瑪蒂和恩妮相繼睡去之後，妮可終於認命地閉上了嘴。巴士難得的寧靜維持了不到十分鐘後，座位最靠近司機阿曼的一名年輕黑人男子突然打破了沉默，用低沉的嗓音說話了。

「請問，還要多久才到天堂鎮？」那名男子約莫二十五歲左右，穿著米白色的寬鬆襯衫，手臂上有著明顯的刺青，但看起來並不兇惡。

司機阿曼答道：「還早呢，老兄——還要兩個鐘頭左右。」

「謝謝。」那名男子似乎只是好奇，隨口一問。

「嗨，你好。我是妮可·唐納利。」妮可向男子揮揮手，「你也是要到天堂鎮參加格鬥營的嗎？」

那名男子似乎沒想到妮可會向他搭訕，他慢了幾秒才回答：「我是艾迪，我是要參加營隊沒錯。」

於是在妮可的熱情多話之下，車上的人終於互相認識了。除了瑪蒂·布藍奇、恩妮·鮑爾、妮可·唐納利、艾迪·哈德遜、蓋瑞·維斯班之外，還有一對長得不太像的姊妹黛安娜和莎拉·韋伯，一名從背影看起來很像馬龍白蘭度的中年大叔杜伊·巴克特曼。

這時車窗外的雨愈下愈大了，巴士內妮可高分貝的聲音讓人感到有點心煩。恩妮偷偷瞄了蓋瑞一眼，他似乎若有所思地看著窗外。憑著直覺，恩妮認爲蓋瑞並不只是來參加集訓，應該是爲了辦案而來。但是她並沒有說破，也不打算跟別人——包括瑪蒂——談起這件事，免得妨礙了蓋瑞的工作。

大概是因爲大雨的緣故，車窗外的景色漸漸看不清楚了，幸好這輛看起來十分老舊的巴士似乎還算健康，沒有中途來個熄火或是拋錨，眞是謝天謝地。

3. 神秘路況

巴士沿著公路一直往前開了不知道多久，隔著骯髒的玻璃，瑪蒂看到路旁有支年久失修，看起來彷彿從貓王死後就再也沒有整理維修過的告示牌，上面用劣質的紅色油漆寫著：「天堂鎮五公里」。

雨依舊下著。

巴士上的眾人幾乎都睡著了，除了司機阿曼之外，唯一還清醒著的是中年大叔杜伊·巴克特曼。杜伊手上拿著謀殺天后克莉絲蒂的作品《東方快車謀殺案》的精裝本，搖搖晃晃的巴士似乎並沒有對他的閱讀造成影響。

就在書中兇手呼之欲出的時候，伴隨著巨大「砰」聲，杜伊手上的小說竟然飛了出去！

「發生什麼事了？」

「天哪，爲什麼緊急煞車？」

「是車禍嗎？」

大家紛紛驚醒，除了「老狼」蓋瑞之外，眾人都顯得有些驚慌失措。這時年輕英俊的司機阿曼連忙安撫。

「前面發生車禍了，不過我們安然無事。」司機阿曼說道。

「車禍？嚴重車禍嗎？」妮可．唐納利從座位上站起，撫著胸口，「有警察在處理嗎？需不需要我們幫忙？」

「我下去看看。」司機阿曼披上了防水夾克，俐落地離開座位，「……車子並沒有熄火……所以請不要靠近駕駛座。」

「我跟你一起去好了。」艾迪正想透透氣，反正他的行李裡有雨衣，不怕惡劣的天氣。

「好啊，那就一起來吧。」司機阿曼毫不猶豫地下了車。

巴士車門打開後，風雨聲鑽入車中，令人感到不太舒服。瑪蒂伸伸懶腰，環顧著巴士上眾人，大家似乎都對外面的情況不太在意。杜伊．巴克特曼緩緩地從座位上站起，把飛落至走道上的書撿回，再度翻到未讀完的部分。

「噢，是阿嘉莎．克莉絲蒂的作品——」妮可整個身體往前傾，想要看清楚杜伊手上的小說，「是《東方快車謀殺案》嗎？我最喜歡這本了！」

杜伊沒什麼表情回應，「還不難看。」

「這本小說的故事眞的很有趣，沒想到最後的眞相竟然如此出人意料。」妮可自顧自地說道，「兇手根本——」

「小姐。」杜伊大叔粗聲地打斷妮可的話，「拜託，我還沒看完呢！」

「噢……我忘記了，推理小說最忌諱的就是事先知道兇手是誰……」妮可吐吐舌頭，乖乖地縮回自己座位上。「其實我也有過這樣的經驗，上次在書店裡要買書的時候，剛好旁邊有個胖女人正和店員談起某本書的結局，那剛好是我想要看的書，你知道，那種感覺眞是讓人受不了。你們能想像嗎？就是有那種不顧他人存在的人，並且隨時隨地都有可能遇到，這世界上好像百分之八十都是這種人似的。還記得有一次……」

這女人眞嘮叨。杜伊心想。簡直就跟《東方快車謀殺案》裡的赫伯德太太如出一轍。不過在書裡原本囉嗦至極的赫伯德太太事實上並非外表所見那樣庸俗無趣，並且惹人厭煩……

這時，瑪蒂打開了車窗，想要看看外面的情況，沒想到這天的雨勢不小，大量的水氣讓瑪蒂什麼都看不眞切，只看到前方不遠處有輛閃著燈的警車，和另外兩輛翻覆的家用轎車。

「……什麼都看不到。」瑪蒂放棄地關上車窗。

韋伯姊妹中的黛安娜摘下了耳機，「這雨下得眞大。」她有著濃濃的英國腔。

「西雅圖的天氣總是常下雨，不過，今天的雨勢很驚人。」瑪蒂說道。

「我們對西雅圖的天氣不太清楚。」黛安娜聳聳肩，「我和莎拉才剛到美國沒多久。」

「噢，妳們從英國來的吧？」妮可又打開話匣子，「我去過倫敦一次，那眞的是個很棒的城市，我有個親戚住在白教堂區，聽說那裡以前有個恐怖的傳說——」

「開膛手，傑克。」莎拉輕輕地打斷了妮可的話，她語氣雖然柔和但是卻洋溢著一股不容許質疑的威嚴。

瑪蒂抬頭看看莎拉，心裡猜想這對韋伯姊妹看起來就像是溫室裡的花朵，纖弱的身材和一身高級服飾，語氣有禮貌但冷漠。瑪蒂並非討厭有錢人，她只是認爲養尊處優的人不太好相處罷了。

過了幾分鐘之後，「老狼」蓋瑞從座位上站了起來，伸了個大大的懶腰，「不過就是看個情況，需要這麼久的時間嗎？」

「也許對方需要幫忙——」妮可的話還未說完，一聲沉悶的撞擊聲嚇了大家一跳。

是司機阿曼！

他搖搖晃晃，滿臉驚恐地衝上車，紅色的液體從他額頭上不停流下。

「老天！你受傷了！發生了什麼事？」蓋瑞一個箭步衝上前。

「我、我不知道！」司機那張英俊的臉現在因傷痕、鮮血和恐懼而扭結，他瞪大著眼睛，並推開了蓋瑞，跌坐在駕駛座上。

「嘿，你在幹什麼？」蓋瑞想要阻止，但是已經來不及。沒熄火的巴士在油門一踩的情況下，立刻衝了出去！眾人紛紛跌坐回座位，原本站著的蓋瑞幸虧身手不錯，否則肯定跌個狗吃屎。

「喂！等一下，還有一位先生沒上車不是嗎？」妮可叫道。

「先生，到底發生了什麼事？」

眾人從後照鏡上清楚地看到了年輕司機一臉恐懼，到底剛剛發生了什麼事，自稱叫艾迪的男子又到哪裡去了呢？

「嘿，老弟，冷靜一點。」中年大叔杜伊不管巴士搖晃劇烈，他吃力地走到駕駛座邊，大家都看得出來他試圖安慰受了驚嚇的司機阿曼。「你不要緊張，現在不是沒事了嗎？」

「放屁！」年輕的司機阿曼大吼了一聲。

就在此時，「啪磅」一聲，有樣東西被砸向擋風玻璃。雖然坐在後方的乘客都看不清楚那是什麼，但卻能確定那物體在玻璃上留下了一大灘紅色的液體。但隨著大雨和揮動的雨刷，那灘像是血液般的汁液一下子就被清掉大半。

「媽呀！」杜伊大叔驚叫出來，他懷疑自己是不是老眼昏花了。那是——人頭嗎？是艾迪……剛剛下車的艾迪的人頭嗎？

「天殺的！怎麼偏遇上這種事？！」司機阿曼再度吼著，那聲音裡飽含了一股

4. 荒涼修道院

車裡幾乎沒有任何聲音。

腳步有些蹣跚的杜伊大叔走回了座位，拿起椅上的帽子，蓋住了臉。他縮起肩膀，希望自己剛剛只是眼花而已。

雖然所有人都好奇剛剛在車外到底發生了什麼事，但是沒有人打算仔細追究，大家都盡可能往好的地方想。瑪蒂原本想請司機阿曼停下車，她認爲把艾迪就這麼丟在公路上似乎不太妥當。但是恩妮低聲地阻止了她，恩妮認爲有警察在車禍現場，艾迪應該不會有問題，又也許，艾迪根本不想上車。

「……但是，我還是很想知道到底發生了什麼事……妳也看到了，剛剛朝著車子飛來的……好像……」瑪蒂拚命壓低聲音。

「也許……是什麼小動物，好比說被大雨擊傷的鳥類或者——樹上掉下來的松鼠什麼的。」

「松鼠？天曉得。」瑪蒂顯然完全不同意恩妮的說法。

恩妮當然清楚地感受到詭異的氣氛，她甚至覺得，「老狼」蓋瑞那氣定神閒的樣子彷彿早就料到這些情況，看來，「老狼」蓋瑞這次根本就是來出任務的。恩妮有種預感，這次的旅程似乎會被捲入奇怪的事件裡——

「看，那是……那座就是修道院了吧？」韋伯姊妹其中一人發出聲音，雖然只是個無聊的發現，但是車上所有人都有種鬆了口氣的感覺。

瑪蒂朝車窗外看去，在雨霧中確實有座莊園的影子，看不清楚主建物的明確形狀，但勉強看得到立著十字架的鐘樓和修道院特有的鐵製柵欄。在一片灰色中，那座修道院彷彿是老電影裡才有的場景，看起來歷史悠久又十分荒涼。

「再幾分鐘——就到了。」司機阿曼的神情從方才的驚恐變得凝重冷靜，他從後照鏡中看著乘客們，一面空出手輕觸著額頭的傷口，說道：「我們還沒進入天堂鎮，要過了修道院幾公里之後才是天堂鎮。參加營隊的先生小姐請在聖約瑟修道院下車。」

「有人是要去天堂鎮的嗎？大家都是要參加營隊的吧？」妮可輕鬆的口吻聽起來雖然不合時宜，但是氣氛卻因此緩和不少。

兩分鐘後，巴士緩緩駛入了一條小路。路旁種植著白楊和柳樹，非常幽靜。坐在車上的眾人忙著整理行李和心情，並沒有人注意車外的景色，以及在路口垂掛著被扯斷的黃色警告尼龍帶。

喀喳——

車門打開了。

和一般情況不太一樣，司機阿曼並沒有請乘客小心慢走，反而自己在熄火之後拔掉了鑰匙，第一個跳下車。緊接著快步走下車的是「老狼」蓋瑞和他那個藍白相間的膠質旅行袋。恩妮注視著「老狼」蓋瑞的背影，心裡盤算著要找個機會和他談談。

站在大門口迎接眾人的是一名近七呎高超過兩百五十磅重，恍如一堵高牆似的超級大塊頭，看起來大約近四十歲，他穿著全黑的運動服，頸上掛著哨子，一看就是體育老師的裝扮。

待眾人全數下車後，這名高壯的男子便以低沉的嗓音開口：「歡迎來到聖約瑟修道院，我是健身格鬥營隊的領隊強納森．亞歷山大。請各位隨我來。」

強納森並沒有表現出熱誠歡迎的樣子，但也說不上冷漠，也許是因爲他那令人生畏的長相吧，看起來就不太適合微笑。他邁著大步走向修道院的長廊，不知爲何大家都默不作聲，只是靜靜地跟在強納森的身後。

這是一座很有年分的天主教修道院。如同小說或者電影的場景般，是用灰白色的石材爲主要建材，風格相當華麗。只是似乎年久失修，原本美麗的壁飾現在看起來既老舊又骯髒。深綠色的藤蔓緊緊地束縛著修道院的一磚一瓦，庭院裡種植枝繁葉茂的柳樹，在陰雨天裡看起來相當淒涼。

強納森帶著大家走到了一棟年代看起來較新的兩層樓深褐色的建築物前。這棟建築物並不像修道院的其他部分那麼充滿藝術裝飾，瑪蒂等人並沒有仔細檢視這棟房屋，但眾人卻同時有種異樣感。

一直沉默的韋伯姊妹，其中有人終於開口了。「眞是怪。這棟房子該不會只有一扇窗戶吧？」

「是的，小姐。這棟房子只有一扇窗戶。」強納森微微點頭，做了個請進的手勢，臉上依舊沒什麼表情。

大廳裡一片漆黑。

只有一扇窗戶的房子果然沒有什麼光線。最後走進大廳的強納森按下了電燈開關，突如其來的刺目強光讓大家感到一陣炫目。在適應強光之後，映入眾人眼簾的是一所空曠挑高的大廳，一座寬敞平緩的階梯通往二樓。二樓有十扇鐵製的房門，看起來有幾分監獄味。

「這就是各位在這段期間生活的地方。一樓有浴室和餐廳、廚房，二樓有十間單人房。我已經替各位分配好房間，請先上樓放好東西，十分鐘之後再回到這裡集合，還有，請帶著你們的行動電話過來。」強納森的口吻顯然不容許有其他意見的出現。

二樓的房間不知道是不是故意的，結伴同行的人反而被分得最遠。恩妮和瑪蒂分別在離樓梯最遠的左右兩側，而韋伯姊妹的房間則是處於南北對角線上。不過，雖然心裡不太樂意，但也沒有人跑去向強納森抱怨要換房間。畢竟經歷過剛剛路上那詭異的狀況後，大家都有些累了。

5. 監獄般的生活

天哪，這、這簡直就是監獄嘛！

恩妮簡直被眼前所見的景象打敗了。

雖然房間並不小，但是那灰藍色的佈置傢俱，簡直就是從監獄偷出來的。鐵製的床架和鼠綠色的薄毛毯、看起來不堪耐重的小寫字檯和小椅子，在房間裡的一角還有馬桶和洗臉台。

「我的天哪……這是什麼鬼地方？」

恩妮不禁自言自語，她在床鋪邊坐了下來。伸手所接觸到的地方幾乎都是冰冷的金屬製品。更令恩妮不知所措的是，這房間裡竟然找不到插座，也沒有電燈開關。恩妮從包包裡拿出手機塞進牛仔褲口袋，她走出了房間。

「莎拉小姐，妳的房間裡有沒有插座？我的手機需要充電。」

「我看一下……喔，似乎沒有耶……我也需要插座。」

被恩妮一問，莎拉．韋伯才突然發覺沒有插座是一件多麻煩的事。莎拉．韋伯緊緊地皺眉，她無奈地聳聳肩，用她那修得極美的水晶指甲輕輕地滑過粗糙的牆壁，任何人都看得出來，莎拉是位有錢人家的小姐，想當然是不能容忍這種情況的。

「現在是幹什麼？我是不是報錯名了？這裡是監獄體驗營吧。一間沒有窗戶的房間？就算是監獄也不會這樣對待犯人——」杜伊大叔一面說著，一面步下樓梯。他看見強納森不知道從哪弄來了一張椅子，正準備坐下。

杜伊很快地衝下樓，向強納森揮揮手。

「老兄，是我瘋了還是你們故意的？這裡的房間簡直就像監獄。」

「喔，您是——巴克特曼先生吧？」強納森花了幾秒才確認，他說道，「老實說，這裡以前確實囚禁過犯人，一些宗教犯。還有……在流行病猖獗的時期，也有隔離一些，呃，一些病患。不過您大可放心，這裡經過了很完善的消毒，所以不會有什麼衛生上的問題。」

「不能因為你們免費提供膳宿就這麼安排吧……」杜伊本來還想說點什麼，但忽然間他想起了一件事，「對了，載我們來這裡的司機呢？我記得他叫……阿曼……」

「阿曼．高蒙。」瑪蒂補充道。她也對之前發生的事很好奇。

「你們弄錯了，開車的年輕人並不是阿曼．高蒙，他只是穿了阿曼的制服罷了。你們說的司機是朱利安，他是我最小的弟弟。」強納森說道。

「不管他叫什麼名字，我們只想知道剛剛在來這裡的路上發生了一點小意外，有一位原本也要來參加營隊的哈德遜先生，黑人，還不到三十歲，他跟著你弟弟下車之後就沒再上車了，我們很好奇他的情況。」瑪蒂盡可能地說明，「我們有點擔心他。」

「這個嘛，剛剛是出了一點小意外，不過公路警察已經把哈德遜先生送來這裡了，比你們早幾分鐘到而已。不過哈德遜先生受了輕傷，我們正請醫護人員幫他處理傷口。」強納森看看四周，所有人都到齊了。他從一個白色的紙袋中拿出一塊壓克力製成的白色圓牌，上面有各人姓名的縮寫。「好了，各位，這是各位的名牌，請掛在你的左手腕上，以方便工作人員辨識你們的身分，不至於誤認爲各位是闖入的不速之客。來，這是布藍奇小姐、鮑爾小姐……」

「……好像回到了學生時代。」大概是發覺氣氛有些沉重，瑪蒂刻意一笑。

「是呀，我感到有點緊張。」恩妮露出了認眞的表情，她一直在思考著剛剛強納森所說的話。雖然不知道哪裡不太對勁，但是其中的眞相應該不止如此。

這時，大門被推開了，一名金髮耀眼，身材豐滿的長腿辣妹，穿著輕薄的網球洋裝，她輕盈地走了進來，手上提了一袋書。

「嗨，我是羅絲．道伊爾。」

「道伊爾小姐是很專業的醫護人員，如果在訓練期間各位有什麼不適，道伊爾小姐會立刻給予您協助。」

「喔，道伊爾小姐，我想知道哈德遜先生的情況怎麼樣了。」瑪蒂問道。

「哈德遜先生？哈德遜先生……噢……噢！我想起來了，他沒什麼，現在吃了藥正在休息。」這位身材火辣的美女顯然不太專業，她花了近十秒鐘才回答。

強納森彎下腰，從羅絲．道伊爾帶來的紙袋中拿出一本本小冊子，逐一交給大家。這是一本印刷很精美的小冊子，黑色硬皮，燙金字體寫著：邁向永生，看起來頗有幾分宗教味。實際上這本精緻的小書是本指導手冊。

「各位，這是本營隊的指導手冊，裡面有詳細的作息時間和生活規範。也許各位看了之後會覺得生活規範有些嚴厲，但是請記住本營隊的宗旨：提升身體和心靈的強健，爲了達成這個目標，各位請務必要遵守。」強納森眼光平和地掃過眾人的臉，忽然他又說道：「妮可．唐納利小姐在這裡嗎？」

這時眾人紛紛張望，大家這才注意到從上車開始就如同麻雀般聒噪囉嗦又愛插嘴的妮可．唐納利並不在大廳中。

「也許她還在房間。我去看看。」離樓梯口較近的恩妮很快地走上樓。

事實上離樓梯最近的是韋伯姊妹，不過她們很顯然完全不打算到樓上去找妮可。韋伯姊妹一直和眾人保持著距離，這對姊妹看起來好像是從古堡裡逃出的瘦弱精靈，有種不食人間煙火的感覺，而這種超脫俗世的感覺竟意外地適合這座有些荒涼的修道院。

「唐納利小姐。」恩妮果然沒猜錯，妮可．唐納利還在房間裡。

原本蹲在地上的妮可嚇了一跳，「喔！嗨，有事嗎？我正在找可以充電的插座。」她說著，一面站起。

「大家都在樓下集合，妳也下來吧。」

「對不起，我沒注意到。我這個人就是這樣，一旦專注於某事上就會常常忽略其他事——」

等到恩妮和妮可來到大廳後，強納森拿起剛剛用來裝名牌的紙袋，對眾人說道：「各位，請把你們的手機放進這個袋子裡。」

「什麼？」

「在這次訓練營裡，大家不能使用手機。臨時辦公室有電話，你們還是可以和外界溝通。請各位不要使用手機的原因是希望大家能夠忘了現實生活，好好靜下心來整頓自己的身心。而且……各位不妨看看手上的手機，沒錯，在這裡訊號非常微弱，各位還是交由我們保管好了。」強納森這次換上強硬的態度，「請交給我。」

「好吧……反正是來苦修的。」第一個交出手機的是剛剛才下樓的妮可。

第二個交出手機的是杜伊大叔，他臉色難看地拆下了電池和SIM卡後才交出手機，大概是擔心別人看到手機裡的資訊吧。看到他這麼做之後，其他人也紛紛效法。

「說眞的，我覺得這種感覺不太舒服。」杜伊大叔的聲音清楚地傳到所有人的耳中，「只不過是手機而已，沒什麼好禁止的。」

「規定就是規定。」強納森迅速地回應。

恩妮向瑪蒂使了個眼色，表示她們需要談談，好好地談談。

6. 最後晚餐

拿著指導手冊（杜伊大叔稱之爲「監獄守則」）的恩妮來到了瑪蒂的房間，其他人正忙著整理東西，再過一個鐘頭就是晚餐時間了。當然，這裡的晚餐時間想必不會太輕鬆。

「……我覺得很不對勁。」恩妮倚著門，說道，「道伊爾小姐看起來不太像護士，聽她回答哈德遜先生的事，我覺得很奇怪。還有，妳注意到了嗎？在發名牌時強納森並沒有意識到妮可還沒有下樓，反而是之後才發現，難道他看到妮可的名牌時沒有想到嗎？」

瑪蒂考慮了一會兒，說道：「也許碰巧他們沒有準備妮可的名牌。」

「一開始我也這麼想，但是——」恩妮壓低音量，「我在上樓時一直偷偷注意著妮可，她的手上正掛著名牌。」

「妳確定？」

「當然。」

瑪蒂皺眉，「這麼說起來，妮可是什麼時候拿到名牌的呢？」

「……很可能她本來就有。」

「什麼意思？」

「我在猜，也許她以前就參加過這個營隊。」恩妮聳聳肩，「一路上有很多讓我摸不著頭緒的事，所以出現了讓我自己也很驚訝的想法。」

「嗯……恩妮，我覺得妳想太多了。是不是因爲遇見了老同事，所以妳的偵探頭腦又開始活躍起來了？」

恩妮不得不承認，好像是這麼一回事。「有可能。唉，我也不知道自己是怎麼了……」

瑪蒂微笑著，她拿起手冊翻閱著，忽然間她再度抬頭看著恩妮，「這眞是個鬼地方。」

「怎麼了？」

「妳看，上面寫著，晚間十點統一熄燈。」

「難怪我一直找不到電燈開關。」恩妮現在已經見怪不怪，連手機都不准使用的地方，會有這種情況是可預期的。

「還有，關燈的同時，房門也會被關上，所以請在十點前回到寢室。」瑪蒂把手冊往床上一扔，「好可怕的規定，我擔心我連三天都撐不到。」

「——我倒覺得韋伯姊妹應該連一天都忍受不了。」

「也對。那對姊妹看起來就像是包裝精緻但是容易碎掉的瓷娃娃。」

恩妮和瑪蒂藉著聊天來鎮定自己的心情，到了六點鐘左右，整棟建築物突然響起了音量相當驚人的鐘聲。

「晚餐已備妥。」在令人耳膜疼痛的巨大鐘聲之後，廣播裡出現冷冷的聲音。

「我的媽呀！眞是嚇人！」杜伊大叔極度不悅地從房中走出，他雖然上了年紀，但由於一直在從事各項運動，所以身手還相當敏捷。這時杜伊看到了鄰房的「老狼」蓋瑞，於是走上前打招呼，「嗨。」

「嗨。」

「這裡很難讓人喜歡，對吧？」杜伊說道。

「是啊。」蓋瑞還是那張沒有表情的臉，「反正一星期很快就會過去了。」

「希望至少這裡的健身教練能令人滿意，唉。」

晚餐的座位是按照安排規定的位置。每個人的面前都放置著一座紙製的名牌，連座位都有限制，果然是軍隊般的作風。至於菜色，實在不怎麼樣：硬麵包、稀得連碗底都可見的湯、一碗連青豆一起燉煮的牛肉、馬鈴薯沙拉、水煮菠菜、幾顆肉丸，分量不多，味道也普普通通。

「不是我在抱怨，這些東西根本塡不飽肚子。我可以再來一份嗎？」杜伊大叔一面嚼著肉丸，一面說道，「就拿這個肉丸來說，肉質好像放了很久，香料又放得太多，還有點酸味，這裡的廚師手藝不太行。」

「巴克特曼先生，您一定沒把生活守則看完吧？」道伊爾小姐帶著笑容說道，「上面寫著，天主教的規範是安貧、守貞和服從。您得服從我們安排的膳食，而且要珍惜食物才對。」

「我可不是什麼天主教徒，老實說，我只是想好好活動筋骨才來的。妳說的那本什麼監獄守則我才懶得看！」杜伊先生哼了哼，從座位站起，丟下了餐巾，「我先告退了，各位請好好享用這『美味』的晚餐吧。」

杜伊．巴克特曼一個人離開了那棟權充宿舍的怪異建築物，他獨自一人在荒蕪如電影場景般的修道院裡散步著。幸好附近有從屋裡透出的亮光，否則庭院中可以說是伸手不見五指。

膠底鞋踩在雨後的泥濘小路上，留下了很清晰的鞋印。杜伊大叔實在無聊至極，在戶外繞了一圈之後，他打算走到修道院的另一側，也許應該去看看受傷的艾倫．哈德遜先生，畢竟今天在公路上發生了什麼事，到目前都還是個謎。也許，這是解開謎底的好時機。但就在他準備改變方向的瞬間，一把悄然無聲的銳利巨斧從斜後方砍向杜伊．巴克特曼的肩上——

想要發出慘叫，但因爲太突然而腦袋裡一片空白！

左手從指尖開始漸漸麻木，他不敢回頭也無力回頭，劇痛在數秒之後才開始蔓延……

巨斧砍在杜伊的肩上，不知爲何竟沒有切斷鎖骨，反而被緊緊卡住。握著斧頭的高大男子並不打算再繼續施力，他從杜伊的背後踹了一腳，杜伊就這麼昏了過去。看不清面貌的男子彎下腰捉住杜伊大叔的雙腿，像在拖一隻死掉的動物似地，往亮著燈的方向走去——

7. 愉悅的處罰

這間屋子看起來像是祈禱室，又像是舉行祭典的地方。在十字架的正下方有一座石製的大平台，但四周有高起的飾紋，看起來更像是解剖台。旁邊有個小推車，上面放滿了各式各樣的刀具和針筒，這裡似乎是百年前施行手術的地方。

「把那傢伙放到台上去。」一陣濃濁的嗓音說道。

「要綁起來對吧？」

「對，用鋼線固定住。」

四名穿著黑色膠質圍裙的男女把渾身是血的杜伊．巴克特曼搬上了台子，並且熟練地將他的四肢用鋼線固定在石台邊，這四名男女其中之一便是擔任司機的年輕帥哥朱利安．亞歷山大。這些動作看似簡單，但實際上相當複雜，但四名男女像是例行公事似的處理著，臉上平靜萬分，找不到一絲猶豫和遲疑。

四名男女中，爲首的是一名長相和強納森有幾分相似，但是眼窩深陷，身材更加高壯的男子，他指揮著剩餘三人。

「芙麗曼，鉗子，把鉗子和三吋長的鐵釘給我。朱利安，把撐口器給那傢伙裝上。」

「這麼說，要先拔掉舌頭囉？」朱利安把牙科診所裡常用鐵製撐口器使勁地套在杜伊的嘴上，杜伊的嘴唇被翻起，並且被鐵絲刮出許多細微的血痕。

「準備好了嗎？」爲首的男子一面問，一面拿起老虎鉗。

「撐口器裝好了。」朱利安拿起一把長釘。

爲首的男子露出了平靜的笑容，「開始吧。」

男子一聲令下之後，朱利安便毫不猶豫地將整把鐵釘用力地刺進杜伊的手臂中，就在此同時，原本傷重昏迷的杜伊猛然受痛，身子彈跳起來，但是因爲四肢被鋼線緊緊綁住，所以身體並沒有坐起來，反而是用鋼線固定住的手腳因爲劇烈的拉扯，被鋼線扯破了皮肉，一時間，各種痛楚全數湧上，不停地刺激著杜伊的神經，他瞪大了眼睛，驚恐地轉動著眼珠，汗水和鮮血同時浸濕了他的衣褲。

「您醒了，巴克特曼先生。我先自我介紹，我是昆汀．亞歷山大。」爲首的男子徐徐說道：「我們之所以要請您來到這裡，是因爲您違反了本營隊的指導守則，爲了讓您對於接下來發生的事能夠配合，我們將爲您解說您目前的處境。首先，您違反了教會最重要的紀律『服從』，您對於本營隊的安排一直頗有微詞，所以依照慣例予以懲處……至於懲處的方式……相信您等一下就能清楚內容了。」

「喀啊啊啊啊！」杜伊．巴克特曼現在僅僅能發出這樣的聲音，他被撐到極限的嘴角開始撕裂，並流出鮮血。

「喔，還沒開始動手就先自我懲罰啦？放輕鬆一點，要不然嘴角和嘴唇很容易被撕爛的。」朱利安露出笑容，「請別掙扎，愈動，鋼線會切得愈深，被鋼線切斷手腳，很划不來的。」

昆汀．亞歷山大慢慢地用利剪前開杜伊的上衣，杜伊大叔因爲長期運動而十分結實的身材現在滿佈汗水，昆汀仔細地打量著杜伊，然後再度露出令人生畏的笑臉。

「我改變主意了，巴克特曼先生。先從你的身體開始吧，拔舌頭這種小事我們可以放在第二階段。朱利安，鐵釘，我要直徑兩公釐，五吋長的。」

「好的。」

朱利安從推車上拿出一只鐵盒，盒裡全是鐵釘。這些鐵釘並沒有閃耀著銀色的光芒，它們甚至有些生鏽，表面不再光滑，而是變質爲有些粗糙的暗紅色鐵屑。昆汀隨手拿起一根鐵釘，這時一名長相美麗動人的女子將一把小型電鑽插上了電，並接過昆汀手上的鐵釘，將之固定在改良過的電鑽接頭上。女子啓動了電鑽，她帶著如天使般的笑容等待著昆汀的命令。

昆汀十指指尖從杜伊的右肩開始，拉起了一塊皮肉。看似簡單的動作，事實上昆汀的力道精準，他捏住了皮膚和一小塊肌肉組織。當杜伊意識到昆汀下一步的動作時，他本能地再度掙扎。「嘶——」鋼線把他手腕的血管割破了一些，傷口深度近一公分了。

「嗡——」電鑽的聲音愈來愈大，昆汀左手緊捏著杜伊肩上的皮肉，另一手接過了電鑽。猶如在替木頭上釘，以每秒三百次轉速旋轉著的長釘，馬上穿透了杜伊的皮肉，昆汀在確認釘子已穿透皮肉之後關上了電鑽，一時間空氣裡只聽得到杜伊痛苦萬分的喘息。

「嗚嗚……」杜伊．巴克特曼如砧板上的活魚般扭動著，但結果只是換來更多更深更痛的傷痕——

「好了，接下來你將會成為相當出色的藝術品。」昆汀一面說著，一旁的朱利安立刻為電鑽裝上新釘子

昆汀平靜溫和的臉上濺滿了暗紅色的血痕，他沉默地重複著同樣的順序和動作：捏住一塊皮肉，然後穿上釘子。其實有些類似女孩子們穿耳洞的方式，只不過在這裡並沒有麻醉也沒有消毒，而且用的是重複使用的生鏽鐵釘。

「痛苦總是能讓我們更能看清自己的內心。」不知道是誰用平板至極的語氣說了這麼一句話。

杜伊的意識已經模糊不清，人類在遭受劇烈痛苦或者刺激時很容易造成記憶的損傷，現在杜伊正處於這種狀態。他眼睛泛著淚水，右膀已經痛得失去所有力量，

他微側著頭，但卻看見了這輩子做夢也沒想到的事。

右、右手臂——被釘上了整排的長釘！

杜伊猛地一陣抽搐，兩眼翻白，昏了過去——

「每年的營隊裡都會出現這種人。表面上好像很有男子氣概，實際上貪生怕死得很。」昆汀皺眉，說道，「不過就是被長釘穿過手臂而已，這傢伙能忍受的恐懼度也太低了。」

那名美麗的女子開口，聲音聽起來完全不似外表美麗動人，反而粗野得可怕，一張嘴就能看見她滿口爛掉，黃得發黑的板牙，散發著一股如腐屍般的臭味。

「昆汀，接下來換我了吧？」

「貝西，妳這頑皮的丫頭……好吧，接下來就交給妳……但是要記得，我們不但是代表教會給予他處罰，同時也是在塑造一件完美的藝術品。妳看這釘痕……這讓妳聯想到了什麼？」

「這讓我聯想到了耶穌基督手上的聖痕，喔，我的上帝，昆汀你總是對的……這眞是件美妙的事。」貝西伸手扭動著穿透了杜伊手膀的鐵釘，生鏽的鐵釘和肌肉發出摩擦的微弱滋滋聲。

8. 死於非命的人們

恩妮在晚飯過後專程來到「老狼」蓋瑞的身邊，她以極自然的態度邀請蓋瑞和她一起到外面散步。就像其他充滿歡樂的營隊，在宿舍裡的大家並沒有察覺到有什麼危險正悄悄降臨，雖然瑪蒂意識到杜伊並不在廳裡，但是她並不覺得有什麼異狀。

在茂密的樹林中，恩妮和蓋瑞並肩走著。直到恩妮確定四周不會出現竊聽者時，她才停下腳步，雙手抱胸。

「好了，蓋瑞，說吧，你爲什麼會來參加這個營隊。別說什麼你想健身，這個笨理由我不接受。」恩妮說道。

蓋瑞先是望著恩妮一會兒，然後才露出不得已似的笑容，「老實說，我不希望破壞妳來玩的心情。有些事妳不知道會比較好。」

「少來了，我曾經是名優秀的女警，還和幫派分子火拚過，蓋瑞，別把我當成宿舍裡那對弱不禁風的姊妹花，好嗎？」

「好了好了，我知道妳很有實力，但是聽著，警方辦案是不允許一般人民插手的。」

「果然沒錯！」恩妮的語氣興奮起來，「我就知道一定有內幕。你到底是來辦什麼案子？」

「老狼」蓋瑞嘆了口氣，考慮了幾秒，「恩妮，妳得保證絕對不說出去，包括跟妳同行的朋友也絕不能知道這件事。」

「蓋瑞，我也曾經受過專業訓練！」

「抱歉，我只是想謹慎一點……簡單來說，我們懷疑天堂鎮教會所舉辦的營隊和幾宗意外死亡的案件有關。我的老朋友在西雅圖警局裡做事，他們組裡一直找不到什麼確切的證據，所以拜託沒有地緣關係的我混進來看看。」

「是什麼樣的死亡案件？」

「……去年和前年曾經參加過營隊的人，都沒有順利回到家。紀錄上是因爲在公路上發生了車禍並且爆炸，所以很多人當場死亡。不過法醫檢驗了部分沒有被爆炸焚燒波及的屍體，認爲這件案子有很多問題。至於前年的營隊是在一座湖畔舉辦的，也有人掉下湖，屍體至今沒有找到。」蓋瑞一口氣說完。

恩妮感到十分訝異，「……連續兩年舉辦營隊都有人死於非命？！」

「是的。根據西雅圖警方給我的資料，營隊主辦單位是天堂鎮教會，但實際執行活動的是昆汀．亞歷山大所主持的健身俱樂部，裡面所有員工都是亞歷山大家族的成員，至於天堂鎮……呵呵……鎮民間彼此都是親戚，並且或多或少都和亞歷山大家族有血緣關係。」

「所以……你認爲這是一個大陰謀？和亞歷山大家族有關的陰謀？」

「我沒那樣說。我只是來看看營隊實際上的情況。妳也看見了，這一切的安排都令人覺得很不舒服——」

蓋瑞的話突然打住，恩妮也換上了另一種故作輕鬆的表情。

樹林的另一端傳來沙沙的腳步聲，以平穩的速度接近蓋瑞和恩妮。對方似乎拿著手電筒，一陣亮光照得蓋瑞和恩妮睜不開眼。

「嗨，原來你們在這裡。」是瑪蒂，她露出了鬆一口氣的表情，「該回去洗澡了，強納森嚴格要求我們按照時間表辦事。」

「噢，我想下次再聊寶拉的事吧。」恩妮隨口胡扯。

蓋瑞會意地點點頭，「OK，走吧。」

於是「老狼」蓋瑞、恩妮、瑪蒂三人便一面隨意聊天，一面緩緩地走向那棟只有一扇窗戶的宿舍。從遠處看，那棟宿舍裡透出的光線看起來恍若一張大嘴，恩妮和瑪蒂互看了一眼，不禁有些發毛。

宿舍裡有浴室。一大間浴室裡用老舊的夾板隔成六間淋浴間，不知道是物料不夠還是怎樣，隔間用夾板大約四呎半高度，差不多就是成年男子肩膀到腳踝的距離，也因此可以清楚看到淋浴間裡正在洗澡的人的肩膀以上和小腿以下。

瑪蒂和恩妮回到宿舍時，韋伯姊妹已經洗好澡換上了休閒服，雖然如此，但是依舊看得出韋伯姊妹的休閒服是出自名牌，腳上的拖鞋和手上毛巾也是高級貨。瑪蒂和恩妮、蓋瑞三人一同走進了浴室，蓋瑞為了避嫌，特地走到最裡面的淋浴間。當他打開水龍頭不久後，他突然往後退了一步，撞上了門板。

「嘿，怎麼了？」瑪蒂發現蓋瑞的異狀，往蓋瑞處看去。

「……不，沒什麼……我好像看到了奇怪的昆蟲……我沒事。」蓋瑞刻意露出笑臉，掩飾內心的慌張。

到底綽號「老狼」的蓋瑞看到了什麼呢？

只不過是一灘紅水。

先從排水孔湧出，

接著再形成微小的漩渦，

最後被排水孔吸入。

大概是鐵鏽造成水色變紅吧。蓋瑞心想，同時，他也注意到了這裡的排水孔似乎流速相當慢，好像水管被什麼堵塞住了，一直無法很快速地將水排乾。即使是如「老狼」蓋瑞這樣能幹的警探也絕對想不到，在鐵製的排水孔底下，連接的並不是水管，而是被撐口器撐大的嘴，並且用軟管從口插入食道的杜伊。當然，水流得很慢，看著不知何時被移到地下室的杜伊就可以知道，他，沒辦法吞，也沒辦法喝得更快——

帶著肥皀泡沫的髒水，正大量地從軟管中灌入杜伊的腹腔，他腹肚上的微血管幾乎全數浮起，一旁的朱利安正努力地從杜伊的肛門中接好管子，讓水能夠經過杜伊的食道、胃、小腸、大腸最後再流到管子的另一端。

看著杜伊明顯變鼓的肚子，一旁的美女貝西再度開啓了電鑽，她喃喃自語，「雖然噴出的東西會弄髒我的衣服，不過我從來沒試過在裝滿水的人類身上打洞，這是很寶貴的經驗，對吧？」

當然，在杜伊正上方洗澡的蓋瑞並不知道這一切，他只是按部就班地洗淨了頭髮和全身。

「這裡的排水系統眞的該好好維修一番了。」

蓋瑞看著幾絲頭髮以非常緩慢的速度流向排水孔。「咕嚕」一聲，一股紅色的水又從排水孔溢了出來。蓋瑞本能反應，他將水龍頭開得更大，讓水流更激烈，好立刻沖淡那股髒水。是的，髒水……蓋瑞的判斷沒錯，那是髒水……

但沒人知道那很有可能是從杜伊．巴克特曼的食道或者胃裡分泌出的怪東西……這個嘛……誰會想得到呢？

9. 消失的姊妹

規定就寢的時間是十點。

瑪蒂一面擦乾頭髮一面走回自己的房間，她順手想要關上房門，但這個小小的動作後得到的結果讓她萬分不悅——這裡的房門還是維持監獄時的系統，由機房控制統一關閉或開啓，也就是說，這是個毫無隱私的設計，不能保有私人空間的該死設計！

「我眞不敢相信，這是故意的嗎？」瑪蒂把毛巾用力往地下一丟。

「鬼地方。我只能這麼說。」

莎拉忽然出現在瑪蒂房外，她精細如娃娃的五官給人了無生氣的感覺，瑪蒂不由得認爲韋伯姊妹那蒼白瘦弱的模樣實在挺適合這個地方的。

「韋伯小姐，有個問題我想請教，希望不會冒犯到妳。」

「請說。」

「……請恕我直說，妳和黛安娜小姐看起來不太像是會來參加體能訓練的樣子……妳別介意，我只是好奇……妳們眞的對健身格鬥有興趣嗎？」

「噢，我明白了。我知道，大家都覺得我和黛安娜看起來並不像經常運動。」

莎拉倒是沒有露出什麼不悅的表情，「妳說得沒錯，我們幾乎從來都不運動，什麼格鬥或者搏擊對我們來說相當陌生。我們來這裡，只不過是想要尋找一些刺激。」

「好比說被關在這棟愚蠢的宿舍、吃著難以下嚥的伙食、然後像犯人一樣連關上房門的隱私都失去嗎？」瑪蒂覺得莎拉的回答令人有些火大。

莎拉聞言輕輕一笑，她表情裡似乎隱含著許多神秘的意味，「我們的好朋友介紹這個營隊。像我們這樣沒什麼人生目標的人，也許可以在這裡找到一些新的想法，或者其他的刺激。」

當莎拉說到「刺激」時，瑪蒂忽然有種害怕的感覺。雖然莎拉·韋伯看起來是那麼無害，但瑪蒂強烈感覺到莎拉有些不對勁——

十點之前，按照規定，大家都回到了自己的房間，等待著鐵門統一關上的時候，瑪蒂坐在自己的床邊，她靜靜地看著水泥牆發呆。這房裡，怎麼一直有股令人不舒服的感覺？彷彿有人從某個縫隙中看著她，認真地，一吋吋地看著她。瑪蒂在熄燈之前站了起來，她環視著這小小的、沒有窗戶的房間……

「請各位準備就寢。」廣播裡忽然傳來甜美的嗓音，是羅絲·道伊爾，「我們即將熄燈關門，祝各位有個好夢。」

「砰、砰……」沉重的房門被關上，屋裡也同時變得漆黑，伸手不見五指。瑪蒂、恩妮各懷心事地躺在床上；蓋瑞則是獨自坐在床沿，他試著讓眼睛習慣黑暗；妮可則蜷在床上，早已閉上了眼；杜伊大叔的房裡空空如也；至於莎拉和黛安娜的房裡——

「爲什麼不遵守規定？」一陣粗野的嗓音在黑暗的空氣裡浮現，如針般刺入了莎拉和黛安娜的耳中。

站在樓梯口的韋伯姊妹興奮地轉身，「來了！出現了！」她們同時在心裡高喊著，專程來到美國，就是爲了等待此刻——

「不遵守規定的人，必須受到處罰。」黑暗中的聲音以嘲笑的口吻說道，「就像傳說裡命運的雙子，緊緊牽好對方的手吧。」

一下、兩下，

穿著同款式白色睡衣的韋伯姊妹倒下了，

手牽得緊緊的，

然後，黑暗吞噬了她們——

□

酸臭。

無論來了幾次，貝西還是無法適應這裡的強烈氣味。她拉著莎拉的頭髮，一步步走下階梯。莎拉如同死屍似的，一動也不動地任由貝西擺佈。要把莎拉搬來這裡，貝西還花了不少力氣……這裡是地下三樓，亞歷山大家族稱這裡為「餓鬼之家」，用來飼養「未來的食物」。

「貝西——」微弱的聲音從一道木門後傳出，是女人細小的呼喊，「餵我。」

「再等等吧，我正在忙著！」貝西用難聽的聲音回應著，「我在準備晚飯的材料。」

「嘿。」昆汀這時肩上扛著黛安娜，迅速地步下樓梯，「這好像跟我們的計劃不太一樣，這兩姊妹應該要留到後天享用才對……」

「誰知道……她們並沒有抵抗……把她們放上料理台。」

「貝西——親愛的貝西——我的晚餐呢？我好餓——」門後再度傳來女人哀求的聲音。

「聽到了嗎？親愛的拉麗莎餓了，我得趕快準備晚飯，你先去安撫拉麗莎一下吧。」

貝西此刻臉上的表情彷彿是極慈愛的母親，正要爲孩子煮頓可口美味的好飯菜。昆汀聞言不置可否，他似乎接受了貝西的意見，邁步走向那道門。門把有些濕黏滑膩，昆汀並不在意，他推門入房。

「嗨，拉麗莎。」

「噢噢！」名叫拉麗莎的「巨大物體」一見到昆汀便發出興奮的呼聲，「親愛的，你有三、四天沒有來看我了。」

「我這幾天比較忙，對不起。」昆汀開始解開POLO衫的鈕釦，接著是皮帶，他一面說道，「貝西正在料理妳的晚飯，在她做好之前，我們先來享受一下吧。」

巨大的拉麗莎搖晃著，

很高興地搖晃著。

這間房裡幾乎沒有任何傢俱，只有好幾個用來裝排泄物的塑膠桶，黑色的蒼蠅密密麻麻地滿佈在桶壁上。平常靜止不動，但是當有人觸碰到了桶子時，成群的蒼蠅會瞬間振翅飛竄。

房間的正中央放著一具極大的吊床。吊床的頂端用如手腕粗的鐵鏈交互支撐著，並附著一個如人頭大的顯示器，顯示器是用來顯示重量的，當然不是顯示吊床的重量，它附有好幾條紅色的強力拉帶，分別穿過了巨大的拉麗莎的身體，是拉麗莎專用的體重計。

吊床正中央躺著一個赤裸而巨大的——女人——

是的，拉麗莎是女人沒錯，

體重約七百磅左右，巨大的，

令人無法想像的，女人。

拉麗莎是亞歷山大家族的玩具，

也是未來的食物。

昆汀帶著笑容，一絲不掛地爬上吊床。坦白說，他還滿喜歡和拉麗莎玩耍，畢竟一個體重七百磅的女人，簡直就是一張完美的大床。在吃掉拉麗莎之前，昆汀幾乎每天都和拉麗莎玩些限制級遊戲……雖然就技術面來說，具有相當的難度。

10. 死亡之味

「我們每天都重複著……重複著……我們做大家認爲應該做的事……過著大家認爲理當如此的生活……我們學習跟所有人處得很好，我們學習假裝心中有愛……其實我們什麼都不是……我們憎恨父母不夠出色、憎恨人際關係失敗、憎恨自己沒有才華、憎恨完美的愛情未曾出現、憎恨這世界不在意自己、憎恨自己不敢勇於承認自己也曾經有過不道德的想法……我們依靠倫理而活，用倫理來避免弱肉強食，但也用倫理開創了另一種階級上的戰爭，結果我們依舊避不了弱肉強食，依舊是動物……既然我們的獸性尚在，就應該正視它面對它……」

莎拉躺在料理台上，看著貝西用剪刀剪開她的睡衣，莎拉語氣中帶著興奮，在說了一大串話之後，她覺得自己好幸福。莎拉覺得自己很與衆不同。所有人都恐懼疼痛和死亡，但她不一樣，她認爲這是眞正體驗人生的方法之一。

在她二十多年的生命裡，她出身豪門，擁有用錢可以買到的一切，漸漸的，金錢能買到的東西已經滿足不了她，她需要更多的刺激，她需要更多不同的體驗，所以她曾經花錢雇用一群混混強暴自己，也曾經當過妓女，她還花錢買過嬰兒，把嬰兒活活弄死後吃掉，她甚至爲了了解什麼叫「亂倫」、「同性戀」而和自己的姊妹黛安娜實踐這些。

正當莎拉對於生命感到無趣時，一個私人的，專門討論變態的網站貼出了天堂鎮亞歷山大家族的故事。莎拉毫不猶豫地決定把這裡當作人生的最後一站……畢竟她殺過人也吃過人了，現在她唯一還沒經歷過的就是被殺，以及被吃掉。

「我眞不懂妳們這些有錢人家小妞在想什麼。」貝西露出腥臭的板牙，「妳還眞是有趣。」

「拜託，別讓我昏過去！」莎拉激動地說道，「我想看！我想看我的生命是如何一點一滴地消失！」

「是嗎？很多人在這個時候巴不得昏迷不醒呢。」貝西從櫥櫃中拿出剁肉的屠刀，在莎拉面前揮兩下，「準備好了嗎？」

「……還是把我綁起來吧，也許……我會痛得想逃……」

「沒關係。」貝西輕鬆一笑，「看看這四周，妳逃不了的。」

莎拉這才注意到這屋裡，彷彿專爲了屠宰而設的房間，房間裡全都是方便清理的磁磚，連天花板也鋪設了磁磚。曾經潔白的磁磚上結滿了深紅色骯髒的血塊，磁磚縫隙中好像卡了不知多少層的皮肉渣屑，已經完全變黑。

「首先，要把沒有必要的毛髮清理乾淨。」貝西的聲音剛結束，莎拉就感到一股強烈、被撕裂的恐怖疼痛！

「嗚啊！」

「噓。這不就是妳期待的嗎？」

一柄銀亮的尖刀在莎拉的額頭橫劃一刀，鮮血直冒，深可見骨。貝西抓住了莎拉的脖子，讓刀鋒沿著她的髮根劃過。

是的，「晚餐」的第一個步驟就是「剝頭皮」。

□

睡夢裡，瑪蒂感到非常冷。好像走在陰森的長廊，前後左右不停流貫著冰冷而潮濕的風，不停地不停地讓瑪蒂感到自己快要失溫了。

「注意聽，這些話我只說一次，跑，盡可能地跑！」

「誰？誰在那裡？」

瑪蒂猛然睜開雙眼，但是觸目還是一片黑。這間連窗戶都沒有的房間，所擁有的只有無盡的黑暗而已。瑪蒂用手支起身體，雖然張著眼，但卻什麼都看不見，這是一股眞的黑暗，在起身的一瞬間，她幾乎已經汗流浹背，不知道自己到底是在何方，不知道自己到底是張開雙眼，或者仍在夢中。

忽然間，瑪蒂覺得四肢僵住了！無論如何，瑪蒂此刻都動彈不得，強烈的恐懼感讓瑪蒂心跳不已。就在這時，她感受到了一股異樣的目光——有、有人在盯著她，是的，用雙眼看著她，一吋吋地。

瑪蒂感到汗水沿著臉龐流下。

□

四方屋裡，莎拉．韋伯的臉色異常慘白，但是她卻帶著令人無法理解的笑容。一種終於獲得幸福似的，解脫的笑容。莎拉的左手幾乎消失了，被切成薄片的肉淋上了醬汁，只剩刮完肉之後的白骨。鮮血順著料理台的溝槽緩緩流入了地上的水桶。

「莎拉，如果因為失血過多而死，妳一定會覺得很無趣吧？」貝西彎下腰，在莎拉的耳邊悄聲說道，「我帶了禮物給妳，要接受嗎？」

「是的！是的！」莎拉用盡最後一絲力氣，「我願意接受！」

「太好了。」貝西讚許地點點頭，她的唇吻上了莎拉，一會兒之後才說道：「朱利安帶妳的禮物來了。聽到沒？他們就快到了。」

貝西說完後，從料理桌底下拿出一罐味道強烈的碎肉醬，她用撬棒固定住莎拉的嘴，將極腥臭的碎肉醬用湯匙不停地塞入莎拉的口鼻之中，莎拉起初還在忍受，但是呼吸道漸漸被噁心的碎肉填滿後，她咳了起來，於是碎肉醬弄得莎拉滿臉，但這正是貝西要的效果。

樓梯上方傳來一聲低沉的犬吠。

貝西迅速地用毛巾擦了擦手，帶著從莎拉手上切下來的肉片，躲進了拉麗莎的房間，貝西虛掩上門，對著樓梯大叫：「可以了！」

樓梯上的朱利安把手一鬆，兩隻皮毛漆黑，骨瘦如柴的大狼狗嗅到了碎肉醬的味道，低嗚一聲，如箭般衝下樓去。兩條大黑狗花了一點時間才找到莎拉，餓了許久的大狗第一口便咬下了莎拉的鼻子，另一隻則是伸爪撕裂了莎拉的臉頰，爭食莎拉口裡的碎肉醬。

「帶晚餐來了嗎？」昆汀躺在拉麗莎成堆的肥肉上，好整以暇地看著貝西。

「是的。」貝西皺眉，她每次看見拉麗莎那驚人的、層疊在一起的脂肪，她就有種既害怕又好奇的心情。

昆汀從吊床上爬起，他從地上撿起一個灌食用的漏斗，「親愛的，我來餵妳，說『啊』——對極了，就是這樣。」

昆汀把漏斗塞進拉麗莎的嘴裡，而貝西則負責把切好的肉和血同時倒入漏斗之中。這是亞歷山大家族成員最喜歡的一刻，看著他們未來的食物努力地增加重量和脂肪，對亞歷山大家族而言，這眞是無上的樂趣。

11.死者的領地

人活在土地上。

人和土地的關係是密不可分的。即使發明了飛機，但人最終還是非得回歸陸地不可。土地承載著人類，人類在地面上出生、活著、死亡。

因此，土地幾乎無時無刻都在接收人類的能量；反之亦然，人類也總能從土地上感受到一些能量，甚至被影響。有的地方常常會發生令人害怕的事，多半是由於該處累積了太多負面的能量。

而所謂的負面能量是從何而來呢？當然是居住於土地上的人類。爲什麼說是人類帶來的負面能量呢？因爲只有人類，才會違背大自然的生態法則，才會藉著科技試圖控制原本應該按照自然循環的事物。這並不是近幾年才開始的，早在數千年前的古文明中，就流傳著有帝王不停追尋長生不老藥的傳說。「長生不老」就是違抗自然的一種想法。

所以，一塊土地上的歷史不僅僅代表著人類的歲月，也同時是「大地之母」存在的證明。在被鮮血浸濕、被怨恨和恐懼餵養的土地上，是絕對不可能開出幸福的花朵，在其上居住的人們，也必定被累積在土壤的恨意所感染。

天堂鎮，就是這樣一個恐怖的地方。

天堂鎮原本並不叫天堂鎮。它的名字是「所多瑪鎮」。「所多瑪」是聖經裡的一座城，是通往末日的必經之路，是死者們的城鎮。在兩百多年前傳教士來到這裡，他們建立了修道院並且帶來了醫藥和進步的科技，但是一場突如其來的瘟疫讓鎮民死傷慘重。

當時，修道士們對於移民而來的白種人和當地的印地安人都一視同仁，藥物和食物都公平的分配；但是由於疫情太過嚴重，擁槍自重的白種人開始不同意教會的做法，他們認爲藥品和乾淨未受污染的食物應該要全數留給白人才對。

教會當然不同意這種做法。傳教士們堅持必須公平地分配藥品和飲食。於是教會、修道院和鎮民們發生了爭執。一開始教會和修道院處於優勢，因爲他們有能控制疫情的藥品，但是當時的鎮長下了一個極其殘忍的決定……

他們開始屠殺。

屠殺在鎮裡出現的印地安人，

接著連市鎮之外的印地安人也不放過。

鎮長率領著親信和被局勢壓得無法喘息的成年男子，開始了一場狩獵行動。起初，傳教士們以爲鎮民是打算殺掉生病需要用藥的印地安人，但是傳教士們完全想錯了，這殘忍的遊戲除了讓大家消除壓力之外，另一個作用是用來威脅製造藥品的傳教士和教會。

鎮長每天割下印地安人的頭顱，捉著頭皮上的長髮，像是丟垃圾似地拋進修道院中，爲了日漸短缺的食物，他們把健康但被殺死的印地安人肢解，烤熟後分給不清楚來源的人。

就這樣，「所多瑪鎮」成了活生生的煉獄。

某天夜裡，最後一群印地安人偷偷潛入了修道院，他們需要食物和治療，但是鎮長率領眾人手持武器衝進了修道院，把印地安人全都宰了，也同時抓起了所有教會人員。也許是累積太久的憤怒，加上對於瘟疫的恐懼使眾人發狂，在修道院裡展開了一幕接一幕駭人聽聞的地獄遊戲。

被鎮民們迫害的並不是印地安人，而是同爲白人的傳教士、神父、修女和所有教會中的神職人員。當時的鎮長在用鐵鉤劃破某位可憐神父的肚腹時，他得意地說道——

「我們提供金錢、提供一切給這些抱著聖經騙人的混蛋，而他們還想把來自我們奉獻的一切分配給那些野人，並且假裝成他們自己的恩德，世上沒有比他們更該死的人！你們這些怪物，今天我們要替上帝懲罰你們這群不要臉的變態！」

「菲利浦．亞歷山大，你這個被魔鬼附身的可憐蟲——你還不知道自己犯了什麼罪嗎？你屠殺印地安人、反抗教會、污衊上帝，在你死後——」

被綁在柱子上的神父突然間再也發不出聲音了，原本打算用來招呼他肚子的鐵鉤現在已深深刺入了他的咽喉中。

「亞歷山大、亞歷山大！」

雙眼迷茫的鎮民們突然爆出一聲歡呼！他們高喊著鎮長菲利浦．亞歷山大的名字，興奮地看著他使勁轉動著刺入神父喉中的鐵鉤——慘無人道的遊戲現在才剛剛要開始而已。

後來，鎮長亞歷山大一家接管了教會和修道院，他們在事件結束之後把成堆的屍體埋在修道院的各個角落，掌握了藥品之後，所多瑪鎮的鎮民（應該說，支持亞歷山大家族的鎮民）總算平安度過流行病。後來，鎮長亞歷山大把鎮名改了，改為天堂鎮，之前的屠殺成為了鎮上共同的秘密。至於虔誠的信仰倒是保留下來了，只不過信奉的對象不同——上帝，已經是過去式了。

現在，這座修道院是一座充滿著死者恨意的空城。天堂鎮的居民世世代代都被告誡，不要接近修道院；唯一會來到修道院的只有亞歷山大一家，從那年開始，他們就固定每年在這裡舉辦「家族慶典」，他們找來了沒有親人的流浪者或者蹺家的少年少女，然後把他們囚禁起來，以各種變態的手段殘忍地殺害，並且分食。

亞歷山大家族的成員全都到齊了。

除了昆汀、強納森、朱利安、貝西之外，還來了許多「遠親近鄰」來共襄盛舉，例如美豔的護士羅絲．道伊爾。

羅絲．道伊爾總是喜歡開玩笑，

她老是說這裡，聖約瑟修道院是「死者的領地」。

不過亞歷山大家族並不這麼認爲，

他們稱這裡是「帶來死亡與快感的闔家歡遊樂場」，

並且樂此不疲。

當然，在宿舍裡的大家並不知道這段血腥的過去，他們依舊認爲這裡不過只是荒蕪已久的修道院罷了。大家更不知道，在第一個夜裡，莎拉．韋伯被狼犬吃掉了臉、杜伊．巴克特曼的肚子在灌滿髒水後被電鑽打了好幾個孔、黛安娜．韋伯現在正被綁在料理桌上，等著成爲巨大的拉麗莎的宵夜。

沒有人知道，

是的，沒有人知道，

下一個會是誰。

12. 雙眼

……天空凝視著，
這屍體眞是絕妙，
如花朵般開放。

強烈的臭氣啊，
你覺得就快要昏倒在綠草地上。

腐敗的腹肚上蒼蠅嗡嗡作響，
漆黑一片的蛆蟲爬行，
好像一股黏稠的液體，
順著微溫的皮囊流淌……

而將來您亦如此，
像這惡臭可怕，

我眼裡的星辰、生命中的太陽，
您，我的天使和熱情，

是的，您將有一樣的下場，
喔，優美的女王，
領過臨終聖禮後，
當您步入草底和花下的墳場，
腐朽於累累白骨旁。

等到那時，我的美人，
告訴那些蛆，
用接吻的形式噬食，
您的愛雖已失去形體，
但我仍記住曾經的形貌和神聖的本質！
——節錄自法國詩人夏爾．波特萊爾於一八五七年出版之作品集《惡之華》中〈腐屍〉

□

瑪蒂不知道自己在幹什麼，她只覺得陰冷無比，在狹窄的房間裡，充斥著一股難以抗拒的力量，讓瑪蒂感到萬分驚恐。

黑暗之中有人正在說話，不，不能確定是否有人，只是一股聲音存在著，那聲音以一種極其平穩的聲調讀著像是詩的文體。

「……等到那時，我的美人，告訴那些蛆，用接吻的形式噬食，您的愛雖已失去形體，但我仍記住曾經的形貌和神聖的本質！」

瑪蒂根本無暇去思考那些文字的意義，她一心只想知道到底現在是什麼情況，是在夢中？還是——瑪蒂的胸口起伏著，她震驚地盯著一片黑暗，但是完全的漆黑並沒有給瑪蒂任何提示。

「這裡是通往地獄的前哨站，不想死，就逃吧。」那股聲音給予瑪蒂忠告，並且用一種悲憫的聲音說道：「快點離開這裡，把眾人引來此處，讓大家毀了這裡，毀了這座以怨恨填滿縫隙的亡靈之城……」

「你、你是誰？」瑪蒂並沒有說話，但她察覺空氣裡正飄著自己的聲音。

「我是一個無法離開此地的可憐人。」對方的嘆息久久不散。

「爲什麼要對我說這些話？」

「我對所有住進這間房裡的人都說過話，但只有妳聽得到，感受得到。走吧，跑吧，快點想辦法離開這裡，保住妳的生命，再沒有什麼比生命更可貴的。」

瑪蒂原本僵硬無法動彈的身體忽然癱軟了下來，她又可以動作了。她第一個反應是用手捂住了胸口，大口大口呼吸著。瑪蒂跳下了床，摸黑找到了自己的行李，伸手在行李翻了許久，終於找到了菸盒和打火機。

「呼、呼……」瑪蒂一面喘息著，一面用顫抖不停的手打開打火機，她終於見到光線了，她從來不知道自己會是如此渴望光明。

瑪蒂藉著打火機微弱的火光仔細地看著四周，即使是蛛絲馬跡也好，她就是想要知道剛剛發生的一切到底是怎麼回事。是幽靈嗎？還是躲在暗處的人呢？瑪蒂受不了這種強烈的焦慮和不安……

「這、這是……」

正對著瑪蒂床舖的灰色水泥牆上，在微弱的火光下竟然逐漸浮現了一對滿佈血絲的人眼。像是用鉛筆塗鴉出來似的，一對眼睛在牆上，這對眼睛似乎回應著瑪蒂驚駭的目光，正靜靜地注視著瑪蒂。

「不……不可能的……這不可能……一定是有人惡作劇……」

瑪蒂喃喃說道，她手中的打火機跌落到了地上，房間裡又回復到一片黑暗。瑪蒂並沒有動手找回打火機，她只覺得心臟強力的鼓動讓她感到呼吸有點急促，但是在一片寧靜中，瑪蒂聽到了一陣不屬於自己的呼吸聲也同時在這房裡迴響……

□

清晨六點。

嘶嘶的聲音鑽進了每個人的房裡，那是每次開啓廣播時都會出現的噪音。恩妮其實一晚上都沒睡好，她總是聽到有人在走廊上來回的腳步聲。走過來又走過去，好像在拖著大袋子行走的聲音，細碎的摩擦聲之類的。

「早安，這是清晨六點的報時起床廣播，請各位迅速起床換衣，在您的房裡備有衛生設施，請各位多加利用。三十分鐘後房門會自動開啓，屆時請各位移駕到餐廳享用早餐。」廣播裡依舊是羅絲·道伊爾的聲音。

恩妮翻身下床，她感到全身一陣痠痛。大概是睡不慣鐵板床的關係，恩妮覺得自己的骨頭忽然開始不爭氣。

清晨六點三十分，房門由控制系統設定，統一地打開。在聽到鐵門嘎嘎開啓的瞬間，恩妮幾乎以爲自己是個犯人。他媽的，恩妮忍不住在心裡大罵，這該死的營隊——

恩妮踏出了房間，她伸了個懶腰，藉此機會往「老狼」蓋瑞的方向偷看。「老狼」蓋瑞昨夜顯然睡得不錯，他一臉沉著鎮靜，沒有任何值得注意的表情。但是當恩妮轉頭看向瑪蒂房間時，她不由得嚇了一跳。

拖著腳步走出來房間的瑪蒂看起來非常的虛弱。不是患病似的虛弱，而是一種失神似的呆滯神情，那種表情像是在監獄裡經年累月被獨囚在暗房中的犯人，對四周環境已經無法感受，也對任何事提不起興趣，近於屍體般的情況。

「瑪蒂，妳還好吧？」恩妮搶上前，關心地問道，「是不是沒睡好？」

瑪蒂彷彿從沉思中被驚醒，她雙目透出一股令人無法理解的恐慌，恩妮被瑪蒂的目光看得渾身不舒服。

「瑪蒂？」

「……走吧，逃吧……」瑪蒂原本渙散的眼神恍若忽然從夢中清醒，她緊捉住恩妮的手，「恩妮，不行，我們得——我們得離開這裡——」

「妳在說什麼？瑪蒂妳怎麼了？妳是不是生病了？」

「不，不是，我不知道爲什麼，但是我們必須離開。」

「離開？妳是說提早回去嗎？」

「總之要離開這裡！」瑪蒂幾乎歇斯底里地吼叫。

「冷靜一點！」這時蓋瑞走近了瑪蒂和恩妮，他滿臉疑惑，「妳們知道巴克特曼先生和韋伯小姐她們在哪裡嗎？」

「巴克特曼先生和韋伯小姐不在這裡嗎？也許到餐廳去了。」恩妮扶著瑪蒂，她意識到了蓋瑞臉上詭異的表情。

「爲什麼大家都站在這裡？」妮可・唐納利從她的房裡走出來，她以不解的眼光看著眾人，「一起到餐廳去吧，這裡的指導手冊上寫著，要準時按照行程表行動才可以。」

「……走吧。」蓋瑞面無表情，率先走下樓梯。

13. 無法離開

餐廳裡，座位被撤走不少。長桌和椅子仍在，但是有三份餐具被撤掉了。恩妮一落坐之後，便警戒性十足地看著端來食物的羅絲·道伊爾。

「道伊爾小姐，我可否請教妳，爲什麼沒有擺設巴克特曼先生和韋伯小姐她們的餐具？」恩妮很客氣地詢問。

甜美的道伊爾小姐帶著微笑答道：「因爲巴克特曼先生和兩位韋伯小姐在昨晚已經離開我們的營隊了。」

「離開？在昨晚離開了？」恩妮不由得和蓋瑞交換了眼色。

道伊爾小姐把盛著湯的盤子放在恩妮面前，緩緩說道：「詳細的情況我並不清楚，也許待會兒強納森來了，妳可以問他。」

這時強納森剛好走進餐廳，他看起來心情愉快得很，「我好像聽到有人要找我，是嗎？」

「噢，你來得正好。鮑爾小姐正在問我巴克特曼先生和韋伯小姐她們爲什麼離開。」道伊爾小姐把問題拋給了強納森。

「有什麼我可以效勞的地方？」強納森問道。

「我們只是好奇，巴克特曼先生和兩位韋伯小姐到底去了哪裡……我想他們應該不至於失蹤吧？」恩妮雖然是帶著輕鬆的口吻說話，但是所有在場的人臉色都爲之一變。

強納森臉色好不容易恢復了平和，他一派輕鬆，「他們走了。」

「走了？」

「走了。」

「什麼意思？」

「巴克特曼先生以及韋伯小姐她們跟我深談了很久，他們認爲自己並不適合這個營隊，於是我請朱利安開車送他們到天堂鎮上，鎮上有巴士來往西雅圖市區。」

雖然不知道巴克特曼先生的情況如何，但是韋伯姊妹連澡都洗好了才說要回去，這並不是合理的舉動。瑪蒂回憶著，在昨晚洗完澡後和莎拉．韋伯的短暫交談裡，她分明相當期特這次的活動——

「這麼說起來，我們也要求要離開這裡！」瑪蒂激動地站起。

「離開這裡？各位，可以告訴我發生了什麼事嗎？」強納森一如預期地皺眉。

「雖然我不知道巴克特曼先生他們說了什麼理由才得到你的同意，但是既然他們能離開，我們當然也可以，你們不會想限制大家的行動吧？」恩妮冷冷地說道。

本以爲強納森會暴跳如雷，但他卻不正面回應，只是走到自己的座位旁拉開椅子，「也許我們可以邊吃早餐邊談。」

「是啊，就算要走也不可能立刻離開。」一直沉默不語的蓋瑞終於開口。對蓋瑞而言可不能就這麼跑了，他專程從洛杉磯警局跑來是爲了辦案，但若是其他人都要走，自己又單獨留下，那更顯得奇怪。他用眼角餘光瞄著恩妮、瑪蒂和妮可，蓋瑞發現一路上多話嘮叨不已的妮可其實是所有人裡最鎮靜的。她沒有拒絕交出手機、沒有對繁複無理的規定有意見、也不曾抱怨這酷似監獄的環境——以妮可那樣囉嗦的女孩，不可能不說些什麼地乖乖聽話。

除非她有難言之隱，或者，她和大家不同——她喜歡這個環境。

「今天的早餐是湯和肉醬拌馬鈴薯。很抱歉我們沒辦法提供現烤的麵包，麵包店距離這裡大約五公里左右，要上午九點才開門。」羅絲·道伊爾似乎很想緩和氣氛，她客氣地問候：「昨晚都睡得好嗎？布藍奇小姐，妳好像沒什麼精神。」

「我想我有點不舒服。」瑪蒂一面說著，一面喝下第一口湯。

湯的味道不壞，放了許多蕃茄，豔紅色的湯，口味有點過酸，也許廚師偏好酸味重的食物吧。至於主食肉醬馬鈴薯泥味道倒是好些，只是肉醬也是用蕃茄燉煮，味道也偏酸。

「我認爲我們不太能適應這裡的生活，而且瑪蒂有點不舒服，雖然對主辦單位不好意思，但是我和瑪蒂希望能儘快離開。」恩妮說道。

強納森停下了湯匙，他拿起餐巾擦了擦嘴，看著恩妮，「鮑爾小姐，妳確定？」

「是的。」

「那麼布藍奇小姐也要一起離開？」強納森轉頭問。

瑪蒂點點頭，「抱歉，我們要一起走。」

「……我會儘快安排車輛給兩位小姐，不過最快也要今天晚上。」

「今天晚上？！」恩妮著急地問道，「為什麼不能吃完早飯就離開？」

「我們沒有想到各位今天還會用車，所以讓朱利安開車到鎮上採購日常生活用品，順便辦一些事，朱利安臨走前說他會在晚飯前回來。」強納森看了一眼道伊爾小姐，「我沒記錯吧？羅絲。」

「沒錯，是這樣沒錯。」

恩妮緊繃著肩膀，「我希望您不是藉故推拖。」

「哈哈，」強納森忽然一笑，「鮑爾小姐，您真是幽默。我可以清楚地告訴您，對於無心鍛鍊自己的人，我們也不想在他身上浪費時間。」

這句話可說是狠狠地教訓了恩妮和瑪蒂一頓，恩妮本能地想回嘴，但是現在情況不明，她告訴自己不要掉以輕心，誰知道這裡的工作人員都是些什麼樣的傢伙。她努力地隱忍下來，但是在場的人都很清楚，恩妮的額頭幾乎都快爆出了青筋。

「早飯過後是正式訓練的開始，鮑爾小姐、布藍奇小姐，兩位既然不打算繼續留在這裡，就請回到房裡收拾行裝吧，在回去之前，兩位可以自由活動，我想羅絲可以充當導覽，向兩位介紹這座古老的修道院。」強納森說完後便起身站起，「請恕我失陪了。」

恩妮冷冷地看著強納森的背影，她想到了昨晚「老狼」蓋瑞對她說過的話，這裡是個充滿秘密和謀殺的鬼地方，她一刻也不想再待下去。恩妮看了眼手錶，距離朱利安回來修道院還有很長的時間，在這段時間只希望不要發生什麼怪事，恩妮嘆了口氣，沉重的無力感深深湧上心頭……怎麼會這樣呢……原本滿心期待，現在卻急於逃開……

□

「告訴我，瑪蒂，」恩妮和瑪蒂並肩走在庭院中，「妳早上是怎麼回事？看起來真的很憔悴。」

「我並不想這樣……」

「瑪蒂，是因爲昨天晚上沒有睡好嗎？」

「對，我沒睡好。」瑪蒂苦笑，「不但如此，我還跟個不知名的傢伙說了幾句話。」

「什麼？我不懂妳的意思。」

「恩妮，也許妳不相信我，也許妳覺得這一切很荒謬，但是請妳一定要聽我說完——」

「好的，別激動。」恩妮拍拍瑪蒂，「我在這兒呢，妳慢慢說吧。」

「我昨天晚上睡著之後，好像做了場夢似的，後來清醒了，然後，我聽到了有人在說話……並不是隔著房門在外面對我說話，而是在房裡，那個人在我房裡！當時一片黑，我很想找出對方是誰，但卻什麼也看不到，而且就在那時，我也無法動彈了。」

「……然後呢？」

「他說……他叫我快走，快離開這裡……」瑪蒂說到這裡，忍不住低下了頭，「恩妮，妳知道我一向不信邪，但是這次不一樣……」

「好了，瑪蒂，沒事的。」恩妮抱住瑪蒂，用極度愚蠢幼稚的說法安慰瑪蒂：「也許妳的守護天使之類的在提醒妳，希望妳遠離厄運……」

「恩妮……那應該不是人類……後來，我——」

「兩位小姐。」不知道何時，羅絲．道伊爾出現在兩人身後，她那甜美的笑容好像從來不曾存在似地消失了，「要不要一起喝杯茶？」

「噢，道伊爾小姐，我想不用了。」恩妮果決地拒絕。

「眞可惜，我泡了蘋果茶。」羅絲・道伊爾聳聳肩，「妳們一向都喜歡拒絕別人的好意嗎？這種行爲還滿惹人厭的。」

恩妮覺得羅絲的話相當刺耳，但就在此時，她感到有樣冰涼的物體抵在她的後頸。羅絲・道伊爾冷冷地看著不敢動彈的恩妮和瑪蒂，她面無表情地挽起袖子，從裙子的口袋裡拿出一塊手帕捂上了恩妮的口鼻。

14. 生存遊戲

站在「老狼」蓋瑞和妮可．唐納利面前的是一名高大威猛的男子，蓋瑞曾經在報紙的體育版看過他，他是職業摔角界的頭號人物：昆汀．亞歷山大。在某次的節目裡昆汀把他的對手雙腿當作火柴般輕易折斷，造成該名選手難以康復的永久性傷害，昆汀從此之後被禁賽長達兩年。

大部分的女性都不太看摔角。她們無法忍受暴力血腥的場面，不過喜歡摔角的人認爲摔角是一種藝術，是一種全方位的體能表現。蓋瑞本人並不特別喜歡看摔角，比起來他更喜歡看超級盃（橄欖球賽）。

「我們的學員，只有兩位而已嗎？」濃濁的聲音從昆汀的嘴裡傳出，他看了一眼強納森。

「是的，另外兩位學員決定要退訓。」原本看起來什麼都不怕的強納森這時像隻驚弓之鳥，畏畏縮縮的。

昆汀意味深長地聳聳肩，「噢，有點可惜……不過沒有關係，小班制的教學品質比較有保障。現在我爲大家介紹我的助手貝西，貝西是我的小妹妹，她會在接下來的教學中跟我一起示範動作。」貝西小姐不知爲何戴著口罩，昆汀續道：「另外，各位可以看到放在牆角的兩個人形沙袋，一個體重和一般的成年女性接近，是給女生練習用的；另一個沙袋是依照成年男子的身形製作的，由男學員使用。」

昆汀說的是被立在牆角的兩只咖啡色人形沙袋，看起來有些重量，外表是由很厚的塑料縫製而成，看起來已經使用好一陣子了。當然，除了亞歷山大家族的成員之外，並沒有人知道沙袋裡放的是眞人，一個放的是被灌入安眠藥的黛安娜．韋伯小姐，另一只則是一開始就失蹤了的艾迪．哈德遜先生。

「好了，接下來要開始我們的熱身運動。來，請跟我們一起，預備——」

□

「這是……什麼地方？瑪蒂、瑪蒂……妳在哪裡？瑪蒂！」

恩妮幾乎像是從夢裡驚醒般，她坐直身體，任汗水沾濕全身。她慌忙地想起身，但發現右手腕被一條細鐵鏈套住。恩妮試著回想昏迷之前的情況……對，沒錯，有人拿著刀抵住她，接著羅絲．道伊爾用摻有哥羅芳的手帕把她們迷昏了。

這間屋子並不太大，有兩扇小窗在對角，幾絲光線透了進來，屋裡有種腐敗的氣味，地板發黑，恩妮手上的鐵鏈從牆面穿出來扣住了她的手。環顧四周的恩妮發現了離自己不遠處的地面上有個盒子，放置盒子的人似乎怕恩妮沒注意到，還把一張白色的紙片夾在盒角邊緣。

恩妮試著移動，但是右手腕的鐵鏈長度不夠，她使勁一拉，沒想到鐵鏈又從牆後被多拉出幾吋。

「可惡，只差一點點！」恩妮索性用左手硬扯鐵鏈，就在鐵鏈又被拉出更多截的同時，恩妮隱約聽到了一陣機械聲，但是她無暇細想，她用指尖打開盒子，拿出紙條。

遊戲開始。
爲了顯示我們寬大的胸襟，
妳只要按照遊戲指示完成任務，
就可以拿到離開這房間的鑰匙。
給妳一個提示，
妳身上的鐵鏈在牆的另一端連接著機關，
只要用力拉扯，它的長度就會愈放愈長，
如果妳到最後已經拉不動鐵鏈，
那就當作妳自動放棄了。
首先，請找到第二個盒子。
祝好運。

「媽的！」恩妮把紙條揉爛，她憤怒地大吼：「我爲什麼要照你們的話做？！你們這群變態、下地獄去吧！」

「喔，鮑爾小姐，妳生氣了嗎？這只是個小遊戲，妳應該要放輕鬆才對……」羅絲．道伊爾的聲音從小窗戶邊傳來，「我本來想看看妳的遊戲進行得如何，沒想到妳的動作眞是有點慢。不過沒有關係，我給妳帶來了一些增加遊戲樂趣的小玩意兒，妳一定會喜歡。」羅絲說完從窗口的縫隙丟了一小只麻布袋進屋。

「這是什麼？！喂！」

「禮物啊，接受吧，不要拒絕我的好意。」

地上的麻布袋蠕動著。

接著，一條綠黑色的蛇從袋口中緩緩鑽出。

「如果不想被蛇咬死，妳就動作快一點吧。記得，想要讓行動的範圍變大，鐵鏈就要盡可能拉長才行，呵呵呵，待會兒見了。」羅絲．道伊爾踱著步，慢慢地走遠了。

現在只剩恩妮，

和那條昂首吐信的綠蛇了。

□

一股難以忍受的疼痛讓瑪蒂從昏迷中驚醒，她花了好幾秒鐘才弄清楚自己現在身處的環境……噢，不——瑪蒂圓睜雙眼，她看著眼前的景象，感到一陣強烈的反胃和噁心……

一根粗黑的鐵鉤從天花板上垂下，尖銳的鉤子穿透了杜伊．巴克特曼的頸子，彷彿屠宰場裡的豬肉似的，被掛在鉤上。杜伊．巴克特曼的肚腩上留有兩三個孔洞，身體後面拖著長長的像是尾巴一樣的東西，瑪蒂花了幾秒之後才驚覺……那是杜伊已經乾枯的腸子，至於其他傷口更是多得數不完。

這時一陣微弱的風吹進房裡，杜伊．巴克特曼的氣味馬上飄向瑪蒂，瑪蒂直覺地嘔了出來，就在她伸手想要捂住嘴的同時，她發現一組鋼線製成的器具裝在她的口腔中。

瑪蒂想要拆下這組奇怪的器具，但是不知道怎麼的，她感到指尖碰觸到了一片如指甲大小的橡膠，接著她聽到了「啪」一聲，器具突然變得更緊，並且有一塊十分銳利的東西緊緊壓迫住她的舌頭。

該死！瑪蒂現在完全無法發出聲音——她用手指輕輕觸摸著那組器具的外圍，發現它連著一條細長的鐵鏈。鐵鏈的另一頭穿過了石牆，不知道延伸至何方。

「午安，親愛的布藍奇小姐。」羅絲．道伊爾走至窗邊，她輕輕地笑道：「不要激動，我是來幫助妳的。聽清楚，別讓鐵鏈被拉走，鐵鏈如果拉到底，妳的舌頭恐怕就要和妳永別了，知道嗎？唉唷，別用那種表情看我，我跟其他人不一樣，只要妳能完成遊戲，我就不會爲難妳們。看看妳四周，可以找到一個盒子，那個盒子裡有讓妳逃離這裡的方法。好了，我說過別用那種眼神看我，我下午再來看妳，待會兒見。」

羅絲．道伊爾踏著輕靈的腳步離去，瑪蒂頹喪地跌坐在地上。她無法理解自己爲什麼得受到這種恐怖的煎熬，但是此時除了想辦法逃走，瑪蒂也沒有其他事可做，她深深地呼吸著，明顯地感到舌頭受到強烈的壓迫。

鎮靜，要鎮靜。首先，要找出盒子，要找出盒——

一股猛然從牆那端傳來的力量透過鐵鏈牽動了那組小巧的機關，鐵片突然往下切，瑪蒂的舌頭在瞬間流出鮮血。不！瑪蒂用雙手緊緊拉住鐵鏈，如果再讓鐵鏈被拉過去，恐怕舌頭就要被切斷了！

羅絲．道伊爾從瑪蒂的窗外離開後，又走向了恩妮的窗外，看著兩個女人在相隔兩間空房的距離，爲了生存而展開的「拉鋸戰」，羅絲美麗的臉蛋浮現了極美的笑容。

15. 沙袋裡

「來！用沙袋當作敵人，用腰的力量把拳頭直直的擊出！對，就是這樣。接著，從後方抓住頭部的位置，把沙袋畫有臉的部分用力地撞擊在牆上。」

昆汀．亞歷山大臉上泛紅，他熱情地指導著妮可和蓋瑞，蓋瑞一面聽話地進行動作，他一面察覺到昆汀．亞歷山大可以說是一個有重度暴力傾向的人。昆汀在教學中示範的動作幾乎全部都是要置敵人於死地的可怕動作。

好比說重擊對方的脊椎，使之斷裂骨折，這樣的動作對警察而言完全是非法的，警察們學習的格鬥搏擊技術是爲了制伏犯人，並非宰了犯人，如果用上昆汀這一套，那犯人早在被押上警車之前就骨骼寸斷而死了。

這麼看來，這個健身格鬥營隊裡，昆汀．亞歷山大可以說是光靠身體就能殺人的可怕傢伙。蓋瑞想到這裡，他感到內心湧上了一層厚厚的憂慮，雖然沒有任何證據，但是蓋瑞憑直覺和刑警的本能，他幾乎可以確定，去年和前年在回程死去的人們，必定和營隊裡的血腥陰謀有關。

「好了，現在是十一點，我們已經連續運動了好幾個小時，現在是休息時間，三十分鐘之後請準備到餐廳集合用餐。」昆汀看了眼手錶，說道，「但是請記得不要隨便亂走亂逛，這是座有歷史的修道院，我們有責任好好維護它。」

待昆汀和貝西離開之後，蓋瑞鬆了一口氣，他找了個地方坐下，一邊用毛巾擦汗，一面考慮現在應該怎麼做才好。是應該以安全爲重全身而退呢？還是要硬著頭皮繼續參加？如果現在離開了，那這個營隊豈不是辦不成了？如果現在要走，是不是該叫那個女大學生妮可．唐納利一起走呢？蓋瑞得好好想想。

就在此時，妮可．唐納利忽然走向蓋瑞，「嗨。」

「嗨。」

「只剩下我們兩個人，您不會覺得無聊嗎？」妮可主動說道。

「是啊，有點可惜。」蓋瑞藉機會說道，「只有兩個學員的營隊眞的很無聊，失去了團體的樂趣，唉，我也有點想走。」

「噢，維斯班先生，請別這麼說。你知道，太早離開這個營隊也不全然是好的，我認爲既然選擇來這裡強健身體和心靈，就應該撐下去，這也是對心靈的一種鍛鍊。」

「我想妳說得沒錯……我得承認我之前似乎對妳估計錯誤了，唐納利小姐。看來妳對這個營隊適應得非常好，眞是出乎我意料之外。」

妮可看著蓋瑞，「您的話好像別有深意。」

「不，沒什麼。」蓋瑞站起身，「要一起走到餐廳嗎？」

妮可搖頭，「謝謝您的好意，我有點兒頭疼，要去找道伊爾小姐拿點阿斯匹靈。」

「原來如此，待會兒見。」

蓋瑞正要走向大門時，他忽然覺得有點不對勁。直覺告訴他，這裡有什麼，一定有什麼……於是他假裝忘了拿水，在目送妮可離開之後，他回頭走至練習的地方。

「奇怪……明明就感到不太對勁，到底是怎麼一回事呢？」

蓋瑞搔搔頭，他仔細地檢視四周，但這屋裡看起來非常普通，除了石牆給人一種古老的感覺之外，這裡很像是一般學校都有的體育館：四處堆滿了軟墊、跳箱、平衡木之類的運動器材。

「砰——」忽然一聲悶響。

蓋瑞猛地回頭，原來是那兩只人形沙袋倒了下來。蓋瑞緩緩走向人形沙袋，他的手放在較小的沙袋上，忽然間蓋瑞驚出了一身冷汗——不，這不會是真的——蓋瑞的手掌再用力一按——是的，是真的沒錯——這個沙袋有溫度！有著微弱的體溫！可惡！蓋瑞頓時想通了，他們八成是把某人放進了沙袋裡……

蓋瑞從口袋裡掏出隨身攜帶著的瑞士刀，用力劃破沙袋，隨著沙袋的破裂，一束長髮和難聞的臭味立刻出現！

「天哪……這些混帳東西，竟然做出這種事——」

就算蓋瑞是辦案經驗豐富的刑警，他也從來沒有遇過這麼恐怖的事……蓋瑞一面用力扯開沙袋，一面想起剛剛自己也用盡全力痛擊著另一個沙袋——不……不！不能這樣，蓋瑞打從心裡翻騰起一股強烈的恐懼……自己，在不知情的狀況下，成爲了一名該死的共犯！殺人的共犯！

漸漸的，女人的頭頂露出來了，蓋瑞的十指分秒未停，瘋狂地刮著抓著——忽然間，一股異樣柔軟的觸感從他的指尖傳達到了大腦，蓋瑞緩緩舉起手，一塊沾滿血的皮膚，緊緊地黏在他的食指上。

「維斯班先生，您這樣是不對的，破壞公物是最差勁的行爲。」昆汀的聲音像是一把利刃，突然刺向蓋瑞的後背。

「公物？把女人的屍體藏在沙袋中，然後說是公物？」蓋瑞明白，自己現在的處境十分危險，他面對的不僅僅是殺人魔，而是殺人魔家族。

「很遺憾，我必須糾正您的話……黛安娜小姐在被我們裝進袋子之前，她還沒斷氣呢。」昆汀雙手抱胸，笑嘻嘻地說：「而且我也不希望您將我們當作殺人兇手來看，至少，對於韋伯姊妹來說，我們可以說是她們的好幫手。」

「我眞不敢相信竟然會有你這種人——」

昆汀臉上的笑容不減，「我也不敢相信會有警察混進來我們的營隊。維斯班先生，您以爲我們亞歷山大家族的人都是笨蛋嗎？」

蓋瑞臉皮抽動了幾下，「你們怎麼知道的？」

「任何人在經歷過了昨晚和今早怪異氣氛之後，都應該像是鮑爾小姐她們提出離開的要求，但是您非但不打算離開，甚至對於其他人的下落也不感到好奇，那麼想必是有非留下來不可的原因。」昆汀得意地說。

「……那麼妮可．唐納利小姐呢？難道她也是警察？」蓋瑞有些擔心妮可是不是已經被抓住了。

「妮可？噢，維斯班先生，您眞是個好人。」昆汀捂住胸口，一臉感動，「妮琪──我們家人總是叫她妮琪──她好得很，她現在正在幫貝西整理宿舍，我想，今晚應該沒有人需要睡在那裡了吧。」

「妮可，不，妮琪──原來是你們的人。」

「那是幫派中的說法，正確來說，她是我們的表親。這次妮琪和羅絲交換了工作，不過她的表現還不錯。」

「老天爺……」蓋瑞看著昆汀，「告訴我，恩妮和瑪蒂──」

「不用擔心！經過我們的討論，鮑爾小姐和布藍奇小姐其中一人一定能活著離開那房間，這是個遊戲，畢竟我們需要一些新樂趣。」昆汀拍拍手，「好了，現在該說的話都已經說完，我們何不來場男人之間的對決呢？」

蓋瑞搖頭，「我還有疑問……去年和前年營隊裡的學員他們也都被殺害了？」

「老實說這不關您的事，而我也不是電影裡的傻瓜壞蛋還蠢得花時間向您交代個水落石出，少廢話了，來吧，維斯班先生，我想您一定會喜歡骨折的感覺。」

16. 時間限制

「嘶——」

鐵鏈不停地往牆面縮短，恩妮亟欲逃離這裡，她只好拚了命地往前拉。如果鐵鏈變短，她能夠行動的距離就等於是半徑不停縮短的圓，愈來愈小。另一方面，在隔了兩間空房後的瑪蒂，她正拚命地把鐵鏈往自己的方向拉，兩個女人在不知道彼此的存在下，拚命地拔河。

「第二個盒子——第二個盒子在哪裡？」

恩妮想要往前尋找盒子，但是那尾長蛇正對著她，蛇頭一高一低地擺動著。恩妮原本還安慰自己，也許這條蛇沒有毒，被咬一下也無妨，但是憑著常識，恩妮可以確定這尾頭部呈倒三角形的黑綠色長蛇，絕對有著劇毒。

「我的上帝……爲什麼、爲什麼？」恩妮忍不住哭了起來，她一邊抹去淚水，一邊往前爬行，她的雙手緊緊貼著地面，一吋吋地搜尋著第二個盒子，深怕自己錯失了什麼。

蛇發出了警告似的聲音。

「不……拜託，我不想死在這裡……」

恩妮一手抓起了第一個盒子，另一手拿起了原本裝蛇的麻布袋，她的計劃是用布袋蓋住蛇之後，再用盒子敲死蛇。在這種情況下沒有別的辦法，恩妮如果不這麼做，她永遠也不能出去。

她先讓自己冷靜下來，告誡自己不能失敗，如果一失敗，非被蛇咬死不可。

「我做得到……我一定做得到……」恩妮在心中吶喊著，她舉起了手，用布袋蓋住蛇，接著，恩妮舉起了盒子，對準了蛇的頭部。

□

瑪蒂雙手捧著下巴，鮮血從她的口中不停地流出，瑪蒂幾乎要痛昏過去，爲了保住自己的命，她不能再讓鐵鏈被拉過去！她把鐵鏈在手上繞了幾圈，接著用力一扯——

鐵鏈在瞬間被拉出了一呎多，瑪蒂連滾帶爬地站了起來，但是就在下一秒，鐵鏈像是被人控制似的再度拉緊，一股鮮血從瑪蒂的舌根噴出，這次鐵片切得更深了！瑪蒂瘋狂地拉住了鐵鏈，她幾乎可以感受到舌頭根部的神經也紛紛斷裂，她痛得流淚不已。

盒子……到底盒子在哪裡呢？

瑪蒂盡力忍住劇烈的疼痛，她要求自己一定要保持清醒，她必須找到盒子，否則這次的苦難將變成永恆的地獄……不行，要撐住……一定要撐住……

□

恩妮的計劃失敗了。

當她正要用盒子擊碎那條蛇的腦殼時，突如其來的力量將鐵鏈拉回了牆壁之中，恩妮在毫無防備的情況下向後跌去，後腦也撞上了石牆，牆上就這麼留下了鮮紅的血跡和一小撮毛髮。

在那一瞬間，恩妮幾乎以爲自己會就這麼死去，但是恐怖的遊戲才剛開始，並不會這麼快結束。在恩妮還沒來得及反應的情況下，那尾蛇已亮出了毒牙。

「不、不——」恩妮本能地坐起身子，此刻的她已經完全喪失了清楚的意識，她用雙手抓起，像是在拉扯繩索似地，她瘋狂地尖叫著，徒手將那尾不算細的黑綠色毒蛇就這麼硬生生扯斷！

蛇沒有發出什麼聲音，只看到兩截斷蛇還兀自顫動著，斷口的蛇皮被拉得變形變白，蛇的內臟也垂在一旁。恩妮把兩截斷蛇往前一丟，她不知道自己在幹什麼，也不知道自己哪來那麼大的力量，她肩膀突然一鬆，抽抽噎噎地哭起來。

「……我想回家……」恩妮語無倫次地哭著，她放聲大哭，「求求你們，讓我回家！我不要再待在這裡了……求求你們……我到底做錯了什麼？你們、你們沒資格這樣對待我……嗚……嗚……」

當然，並沒有任何人回應恩妮。

唯一有反應的只有鐵鏈，

它又往牆中縮了一大段。

□

奇怪，這房裡什麼都沒有，盒子到底在哪裡呢？

瑪蒂眼睛幾乎被汗水擋住了視線，她一手扯著鐵鏈，慢慢地往房間中央走，但是瑪蒂不敢太靠近掛在正中央的屍體，在她的人生中是第一次和屍體共處一室，雖然知道杜伊．巴克特曼的屍體比活著的人還要無害，但是瑪蒂注意到杜伊．巴克特曼的屍體正開始腐壞，難聞的臭氣像是龍捲風似地充斥著這房裡。

該死，這屋裡除了杜伊．巴克特曼那開始腐爛的屍體之外，剩下的就只有鐵鏈而已，根本沒有什麼地方能夠藏盒子。不……是很小的盒子嗎？如果只是放鑰匙的盒子，那麼可能很小、很不起眼……

要振作！

不能認輸，

在這裡認輸的結果只有一個，

那就是死亡——

瑪蒂仔細地看著地板，她忍耐著椎心刺骨的痛苦，緊緊拉著鐵鏈。如今，瑪蒂只能憑著本能——哇啊——不、不行——是誰、到底是誰？是誰在另一端拉扯鐵鏈？！瑪蒂只恨自己現在發不出聲音，她感到一陣暈眩，舌、舌頭——

「布藍奇小姐，妳的進度好像有點落後啊。」羅絲的聲音又出現了，她帶著笑欣賞著瑪蒂痛苦的樣子，「還沒找到盒子嗎？給妳一點提示，盒子，放在很明顯的地方。好好加油吧。喔，對了，這個遊戲是有時間限制的。」

□

「這是……」恩妮看到了在蛇的內臟附近，有個小小的東西閃著銀色的光芒。恩妮連忙往前爬，但是礙手礙腳的鐵鏈毫無預警地突然往後拉扯，恩妮恨透了這條鐵鏈，她用盡了全身的力氣，拚命往前、往前、往前拽著鐵鏈，她想盡辦法伸長了手，終於觸碰到了那銀色的物體。

是個很小的盒子，大約只有食指般大小，看起來像是貴族們的用品，也許是用來裝菸草的小盒子。恩妮用顫抖的手指打開，裡面有一柄很小的青銅鑰匙，還有一張紙條。

恭喜妳，
妳成功地完成了第一個題目，
距離自由又邁進了一步。
妳手上的鑰匙是用來開啓銅鎖用的，
只要打開了銅鎖，
妳就能知道鐵鏈鑰匙的位置。
銅鎖在屋裡的某個角落，
妳一定能找到的。
對了，這場遊戲有時間限制，
日落前請務必要完成。

時間……限制……恩妮感到手上的小鑰匙傳來一陣陣冰涼的觸感。「日落之前？日落之前？」原來，這就是絕望的感覺——恩妮苦笑，她不明白這一切到底是怎麼發生的，但是，她沒有喊停的資格，只能繼續這個遊戲。

「接下來，要找銅鎖。」恩妮深吸了一口氣，「好吧，銅鎖……至少現在沒有毒蛇妨礙我了。」

17. 和諧的家族

「你要幹什麼？」蓋瑞抓起了瑞士刀，他絲毫沒有認輸的打算。

昆汀哈哈大笑，「當然是跟您來一次比試，如果您能打贏我，我就馬上讓您離開，眞的，我以亞歷山大家族的名譽發誓。」

「你的意思就是，跟你打的話我還有一線生機，但是若我拒絕的話——」

「那麼我就當作您同意任我處置了。」

「等一下，」蓋瑞說道，「如果我贏了，你必須讓恩妮和瑪蒂跟我一起離開這裡。」

「不可能。鮑爾小姐和布藍奇小姐她們有她們的人生，輪不到你插手。」

「你這混帳！」

「哈哈，這記左鉤拳來得好！」

昆汀直直伸出雙手，似乎完全不怕刀刃似地抓住了蓋瑞手腕。蓋瑞感到手腕彷彿像是被一道鐵箍套住，並且不停地收緊著，接著蓋瑞感到奇痛一陣，他的手腕——蓋瑞的手腕就這樣被昆汀徒手折斷！

昆汀一鬆手，蓋瑞便痛得跪在地上，他的右手腕被昆汀的蠻力給折斷了，雖然骨頭未穿透皮膚，但是蓋瑞已經痛得幾欲昏去。

「喔，眞是了不起，很能忍痛嘛……早知道您這麼不堪一擊，我應該可以答應您開出來的條件，反正您是贏不了我的，哈哈哈！」昆汀摸摸鼻子，他抓住了蓋瑞的衣服，把他高高舉後用力摔向牆壁，這可以說是昆汀在職業摔角生涯中最常用的招式之一。

「……哼。」蓋瑞咬緊牙關，不願意發出任何呻吟也不願求饒。

「果然是硬漢。」

昆汀讚許地說著，一面再度把蓋瑞從地上拎起，讓蓋瑞臉部朝下，放在附近一張桌球桌上，蓋瑞的膝蓋完全垂在桌外。昆汀抓起了一張鐵椅，從蓋瑞的小腿重擊下去，連帶使得蓋瑞的膝關節完全被強大的力量壓迫至反方向。這次，蓋瑞終於無法忍受，慘叫出聲。

這是當然的，任何人的膝關節都承受不了這樣的痛楚。打第一下時，蓋瑞還知道痛，他的膝頭勉強撐得住；但到了第二下，蓋瑞的膝關節已然碎裂，雙腿從膝蓋處往反方向折成九十度，那情景無論任何人看到後都無法忍受。

「維斯班先生，痛到受不了了是嗎？這樣你就逃不走了，膝蓋被敲碎，小腿被反折，是件可怕的事，對吧？其實，這就是我們營隊的主要目的。現代人常常不知道自己所需要的到底是什麼，所以我們設計了一連串的活動，要幫助各位。」昆汀陶醉地說道，「世人都在追求名利，其實生命本身是非常寶貴的，但是大家都不珍惜，我認爲這點非常可惜。」

「放——屁——」蓋瑞勉強擠出這句話。

「維斯班先生，到現在你還不能理解嗎？人在遇到危險的時候，什麼原則啦道德啦全都是起不了作用的垃圾，只有痛苦，才是最眞實的。好了，我們先休息一會兒吧，等到貝西拿其他工具來之後，再繼續我們的話題。」

「不、不！昆汀．亞歷山大，你應該殺了我，直接殺了我！」蓋瑞臉朝著桌面，以至於他的咆哮聽起來非常微弱，反而像是哀求。

「殺了你？不行，這樣違反了本營隊的守則。維斯班先生，這個過程是必須的，我們得讓你明白生命比任何事都可貴；如果我們爽快地賞你一發子彈，那麼你的心靈就無法體會何爲恐懼，那就太可惜了。」

蓋瑞只覺得愈來愈看不清楚，肉體上的痛苦讓他大腦已經停止了思考，強烈的痛苦如海浪以極快的速度吞噬掉了蓋瑞的意識，完全地。

□

貝西坐在莎拉的屍體邊，她用指甲刀磨著指甲，然後看著朱利安騎在莎拉．韋伯那具沒有臉的屍體上，幹著正常人認爲極度噁心反胃的勾當。

貝西自顧自地修著指甲，偶爾當莎拉屍體裡的肥白蛆蟲路過她面前時，貝西會用指甲刀的一端壓扁那些蛆蟲，到牠們噴出汁液爲止。十幾分鐘後，朱利安身上盡是腐敗的血和惡臭的氣味，他那年輕英俊的臉上寫著滿足和得意。

這時房門吱嘎一聲打開，昆汀背上扛著蓋瑞，一步步走下樓梯，「這是最後一個人了。」

「要吃掉他嗎？還是用來當作拉麗莎的飼料？」貝西的口吻如同談論晚飯菜色一樣輕鬆平淡。

「剝皮？」朱利安似乎不打算穿回衣服，他赤裸著身體找了張椅子坐下。

「不用你們操心，我已經決定了，要把這傢伙的骨頭一根根折斷。貝西，去把針筒和興奮劑拿來，對了，還有電鑽。」昆汀轉頭吩咐朱利安，「好了，小伙子，在這傢伙醒來前，可以任你處置。」

「太好了。」朱利安笑著把蓋瑞放在莎拉．韋伯的屍體上，並且解開蓋瑞的褲子，朱利安一面對昆汀說話，「你知道，我一向很討厭警察。」

「我知道，所以讓你玩玩警察，你應該會很高興才對。」昆汀打算好好欣賞接下來的「好戲」。

是的，亞歷山大家族就是這樣變態的家族，彷彿受到了多年前那場屠殺的詛咒，從那時開始，他們就再也沒辦法像正常人般生活了。除了殘虐之外，他們戀屍、食人、近親結婚……任何世人所禁止的事都是他們的必需品。曾經有一兩個對亞歷山大家族感到噁心的鎮民，他們暗地裡稱亞歷山大家族的成員爲：「撒旦的孽種」，不過這個名號並沒有被傳開來，因爲那幾個「異端分子」早就成了亞歷山大家族的早餐或是宵夜了。

「對了，去叫強納森過來，我看得出來強納森對這個警察很有意思。」昆汀說道。

朱利安隨口回應了一句，他正在享受另一種樂趣。朱利安．亞歷山大和喜歡血腥的哥哥或妹妹不太一樣，他著重的是肉體的快感——無論男女、老幼、死活、胖瘦——最初提議餵養拉麗莎就是朱利安的意見，他原來只是想要個「特別」一點的玩具罷了。

而貝西是電鑽和電鋸的愛好者，她喜歡那種粗暴的工具，更喜歡聽到別人在血肉模糊的情況下慘叫。強納森則是肢解高手，他小時候一直以開膛手傑克作爲偶像，亞歷山大家族成員對於人體各部位的了解，都來自於強納森有系統的教育。至於昆汀，他熱愛用雙手殺人，所以練就了一身格鬥技巧，他可以用全身的力量折斷成年男子的大腿骨。美豔的羅絲．道伊爾小姐是位電子機械專家，她很喜歡設計各種機關來折磨大家。而妮琪．亞歷山大可以說是這個變態家族裡稍微接近正常一點的傢伙，她從小耳濡目染，但對「如何讓人痛不欲生」沒什麼興趣，她眞正想要的是被虐待的感覺。

有時候，當眾人皆如此時，唯一正常的人反而會被視為瘋子，亞歷山大家族就是處於這種情況。幸好，這種情況並不常見，因為這個家族到目前為止並沒有出現過什麼「正常人」，從某種角度來看，可以說是很和諧的家族了。

18. 魔鬼計劃

「天哪，銅鎖……是這個……是這個沒錯吧？」滿臉是血和汗的恩妮終於在地上找到一塊微微隆起的石板，在石板下隱約可以看見一個小鎖頭。

問題是，要如何才能移開石板。

恩妮發覺房裡愈來愈暗，天色已經漸漸黑了。

這個遊戲是有時間限制的。

恩妮想著，

一面想，她一面把頭埋進手中。

□

瑪蒂的口腔幾乎已經完完全全麻木了。就算在此時扯下她的舌頭，恐怕她也不會有任何感覺。現在，舌頭只靠著一小部分連結著口腔，要斷不斷地晃動著。

「盒子，放在很明顯的地方……」這是唯一的提示。

明顯？這房裡最明顯的除了自己之外，就是垂吊在天花板下的杜伊．巴克特曼，還有他垂在身後的腸子。對，腸子，難道——

瑪蒂拉著鐵鏈，走到杜伊．巴克特曼的身後，一截乾掉的腸子從他的肛門垂出，瑪蒂鼓足了勇氣才敢伸手，青色的小腸表面還留有一點黏手的觸感，瑪蒂的內心吶喊著，但此刻的她別無選擇。

巴克特曼先生，希望你能原諒我。

不能說話的瑪蒂在心裡默禱著，她抓住了觸感如鰻魚般的小腸，用力地拉，用力地瘋狂地拉扯著，鐵鉤上杜伊．巴克特曼的屍體也開始搖晃起來。

□

恩妮用手腕上的鐵鏈把石板繞住，然後用力往前拖，想要把石板移開一些，但是鐵鏈的那端不停地往牆中縮走，石板反而蓋得更緊了。從上午到下午，恩妮沒有吃任何東西，滴水未進，加上一直不停在拉扯鐵鏈上消耗體力，她幾乎快要昏過去了。

恩妮看著自己的雙手，紅腫破皮，指甲碎裂。

哭不出聲來。

□

天哪！

這是——

瑪蒂幾乎要哭出來了，腸子裡，塞著一個小鐵盒。一看見鐵盒，瑪蒂忽然覺得自己的人生又重新見到了光明，她拚命想要拿出鐵盒，但是腸衣很有韌性，無論怎麼弄都拿不出鐵盒。

最後，瑪蒂意識到時間緊迫，她只好捧起那段腸子，塞進自己的嘴裡，用切舌頭的鐵片來弄破腸子，才能拿出小鐵盒。

「嗚嗚呼……」瑪蒂強忍著惡臭、不停刺激著的酸腐味，發出了像動物般的叫聲。她的口腔被發臭並沾滿排泄物的腸子填滿。瑪蒂將手指伸進嘴裡試圖要弄破腸衣，不知道過了多久，她感到金屬異物碰觸到了她口中的黏膜。

□

恩妮如今雙手沾滿了血，她的指尖幾乎全都沒有皮膚了。

這是因爲她用手不停搬動著沉重的石板，表面相當鋒利的石板將恩妮的手指刮破，並且因爲不停的摩擦，使得失去皮膚的手指發紅發腫，血流不止。但是，恩妮並沒有別的選擇，她只能這麼做。

「只差一點點了！」

恩妮忍受的痛苦總算是有了代價，石板下的銅鎖漸漸露出，但是還需要再多一點空間，才能將鑰匙插入。看到了銅鎖後，恩妮不停地鼓勵自己。

「恩妮．鮑爾，妳一定做得到！妳一定可以，再不快點就天黑了，妳可以的，妳一定能逃離這個該死的地方！」

恩妮深吸一口氣，甩了甩手，將指尖的血抹在衣服上。就差一點點了，恩妮咬緊牙關，繼續移動著石板！

□

瑪蒂本能地乾嘔著。腸子和小鐵盒全都掉在地上，這一下，瑪蒂感覺她的舌根又傳來一股劇烈的痛楚，但是現在當務之急是打開小鐵盒。

親愛的布藍奇小姐，

恭喜妳找到了第二個提示，

遊戲開始到現在，

想必妳的舌頭已經疼得受不了了，

現在只要妳找到說明書，

就可以拆開這組精巧的切舌器。

提示是：

——達文西，深邃幽暗的鏡，
——映照著迷人的天使笑意淺淺，
——充滿神秘，有冰峰松林的陰影，
——伴隨他們出現在閉鎖的家園！

——林布蘭，愁慘的醫院細語呶呶，
——一個大十字架是僅有的飾物。
——垃圾堆中發出了哭訴的祈禱，
——突然有一抹冬日的陽光射入！

以上是波特萊爾的詩〈燈塔〉其中一段，
如果妳能從中找到解答，
此詩就可說是妳人生中的燈塔了。
請依以上的文字找出切舌器的說明書吧。

什麼……波特萊爾……瑪蒂緊緊握住紙條，這該死的遊戲……波特萊爾？誰會知道波特萊爾那傢伙的詩?!瑪蒂絕望地看著紙條，一遍又一遍，在這空房間裡怎麼可能有任何東西跟波特萊爾的詩有關?

達文西，深邃幽暗的鏡……

映照著迷人的天使笑意淺淺……

瑪蒂拚了命回憶著跟達文西有關的事物，達文西——李奧納多·達文西——不行!再怎麼回憶，腦裡的資訊也僅僅有:「他是個天才」、「他是畫家」、「他懂解剖」、「他會寫鏡影字」——

等一下，鏡影字?!

那首詩——達文西，深邃幽暗的鏡——

難道說明書和鏡子有關?

需要鏡子才能解開謎題?

第二句，映照著迷人的天使笑意淺淺——

迷人的天使……天使?

瑪蒂猛然抬頭，

杜伊·巴克特曼赤裸的雙足正在她的頭頂晃呀晃。

□

「喀」，那柄短小的鑰匙順利地插入了銅鎖之中，恩妮不禁高興地歡呼了一聲，此時房間裡愈來愈暗，太陽就快要下山了。

恩妮指尖的血滲進了銅鎖，讓銅鎖有些難以轉動，「快呀！幫幫忙！快呀！再不快點時間就來不及了！」她顧不了指尖劇痛，用盡全力扭轉著銅鎖——「喀」地一聲，鎖終於開了，就在此時，銅鎖底下的地板突然往下降了一些，裡面放著一捲紙。

很好，
接下來是最後一個步驟，
只要妳完成之後，
就能夠順利離開這房間、恢復自由。
鑰匙的位置，
就在窗口旁的小洞中，
妳只要將右手伸進洞中，
找到一個把手將之拉下，
就能立刻恢復自由！

恩妮看完紙條後重重地喘了口氣。她終於感受到一絲薄弱的希望。天哪，希望，恩妮嘴角浮現悲苦的笑容。如果能活著出去，她想她永遠也忘不了這個恐怖的遊戲吧……

在夕陽的照射下，恩妮慢慢地撐起身體，搖搖晃晃地站了起來，走向窗口。

19. 殘酷答案

「老狼」蓋瑞．維斯班，一個精明幹練的警察，他可能從來都沒想過，自己會被以身體爲兇器的殺人魔折斷手腕、將雙腿關節朝反方向擊碎、甚至接連被兩個變態至極的男子輪暴。

當昆汀．亞歷山大用雙手折斷蓋瑞的右手腕時，蓋瑞只剩下最後一點意識。他甚至想不起自己身處何地，破碎的身體讓他動彈不得，連呼吸都是一件極爲痛苦的事，在他的腦海裡只是不停盤旋著一個想法：

他希望有人能殺了自己！

是的，如今唯一讓他解脫的方式，就是死亡。

「這是高劑量的興奮劑。」貝西把白色的溶液注入針筒，她熟練地在蓋瑞的大腿上找到血管，「維斯班先生，在這一針之後，你會清醒不少。我們不希望見到你昏迷的樣子。」

「爲……爲什麼不……乾脆殺了我？」蓋瑞目光呆滯，口齒不清。

「噢，維斯班先生，我們不能讓你死，這樣一點都不好玩。」貝西嘿嘿一笑，針筒裡的溶液迅速注入蓋瑞血管中。

很快地，先是一股暫時緩解痛楚的甜美感流貫全身，

這是昆汀對待玩物常用的伎倆，

昆汀喜歡看別人在生死邊緣掙扎、求饒，

他喜歡欣賞那些傢伙恐懼的表情，

所以，他不能讓蓋瑞就這麼死去，

還太早，還沒玩夠，

至少現在還沒——

□

恩妮在窗口邊的牆壁上摸索了很久，天色幾乎完全暗了，她拚命地找尋紙條上所說的洞口，終於，在窗戶的下方找到了一個僅容女子手腕伸入的地方。恩妮立刻興奮地將被鐵鏈扣住的右手伸進小洞中。

洞裡非常窄小。

恩妮花了許多力氣才將手腕完全擠入其中，她那幾近麻木、失去感覺的指尖終於碰到了紙條上所寫的把手，恩妮頓時鬆了一口氣。她用力地將把手握住，往下一拉——

「哇呀呀呀！」

恩妮果然獲得了自由，

代價則是她的右手手腕被機關裡彈出的利刃整齊地切斷。

骨頭、神經、血管、肌肉、皮膚——

全部被切斷了。

□

咚……咚咚……

一截女人的斷手從鐵製的軌道滾落至鐵盤上。

羅絲·道伊爾目光離開了監視器，走向擺放鐵盤的桌面。羅絲拿起了恩妮的右手，仔細檢視著。

「可憐的恩妮，爲了完成遊戲，連指甲都碎掉了。不過這次切口相當漂亮，非常成功。」

羅絲從一旁的櫃中拿出脫脂棉，將恩妮右手的血污擦乾淨，接著將恩妮的右手放入一個裝滿福馬林的玻璃瓶中。羅絲將裝著手的瓶子抱來書桌上，她拿起了數位相機，以各種角度拍下了照片。

這裡是羅絲·道伊爾的房間，牆上貼滿了各種屍體部位的照片，並附有造成該種切口所使用的工具解說；另外一面牆上則釘上了架子，耐重力相當好的架上，放著許多大小不一的玻璃瓶。大的瓶子放斷手，小的瓶子放舌頭。

這裡是羅絲．道伊爾的房間，

她秘密的、用來放鬆心情、好好休息的小天地。

□

第一句詩的提示是鏡子，

第二句詩的提示應該是屍體，

第三句詩的提示是——

瑪蒂被第三句詩給難倒了。她無論如何就是想不出來。這時最後一束微弱的日光照射在窗戶玻璃上，骯髒的玻璃看起來灰濛濛的。瑪蒂看著西斜的夕陽，她走近窗戶，被鎖死的窗框無法打開，有些地方連玻璃都沒有。

玻璃……被鎖死的窗框……

瑪蒂呆了呆，

第四句詩「伴隨他們出現在閉鎖的家園！」指的莫非是窗框？

那麼第三句的松林應該是——

天哪，瑪蒂驚恐地看著窗外，

庭院裡的松樹上吊著另一具屍體，

屍體的手上正握著一面鏡子，

而最後一道陽光經過鏡子正好照射在杜伊．巴克特曼身上。

沒錯！詩裡的「林布蘭」是有名的荷蘭畫家，他最擅長的就是表達畫作裡的光線，至於「大十字架」指的是——瑪蒂衝向巴克特曼的屍體，在光線照射到的點上找尋著，那位置是在杜伊．巴克特曼滿是血污的左腿上，有個十字架刺青，上面還有一句話：「追尋眞理者必先反省自我。」

反省自我？要如何反省自我？反省自我的方法是什麼？瑪蒂覺得自己快要瘋了，她根本無法理解這些詩句的意義，已經到最後了，只差兩句、只差兩句就能看到——

鏡子！

瑪蒂靈光一現，是的，鏡子！

對著鏡子反省自己！

但是問題隨之而來，鏡子在庭院裡的屍體上，雖然距離不遠，但是卻咫尺天涯。夕陽的光終於只剩最後一丁點，灑在窗戶邊。瑪蒂回頭看著窗外的夕陽，她遲疑了許久，再度靠近窗戶。

原來，要利用陽光……

瑪蒂終於找到了拆解切舌器的說明書，

在窗戶的玻璃上，

瑪蒂恨自己怎麼就沒想到，

乾淨的玻璃亦能夠當鏡子一用……

但，天色已經全黑，

沒有陽光就無法看到玻璃上的圖案了。

瑪蒂呆呆地站立在窗戶邊，她的雙眼和身體同時感受到了黑夜的來臨，希望如同已經消失的夕陽般一去不返。就在瑪蒂身心俱疲的同時，羅絲調整了機關的設定，鐵鏈慢慢地拉扯著，銳利的鐵片在瑪蒂口裡往下移動著。

□

「不、不！」

恩妮瘋狂尖叫著，房間裡充斥著她恐怖的嚎叫，她滾倒在地上，手腕被切斷的她鮮血如暴雨般落下，連動脈也一齊切斷的結果，就是血液完全失控似地暴噴。

天色完全變暗了。

□

在一片黑暗中，恩妮和瑪蒂的遊戲同時結束，但她們獲得的都只是早就被設定好的殘酷答案。策劃這個遊戲的蛇蠍美人羅絲·道伊爾，此刻正得意地記錄著這次機械器具如何成功地被運用。另一方面，羅絲也打算讓恩妮和瑪蒂嚐嚐最後一種，終極的恐懼感。

「昆汀？我是羅絲，其他部分都安排好了嗎？嗯，我覺得很滿意，那麼就進行最後一個遊戲吧……是的……我想朱利安和強納森一定能好好處理……好的，那就交給你們了。」

羅絲掛上了電話，臉上充滿了愉悅。

「鮑爾小姐和布藍奇小姐，希望妳們能堅持下去。」

羅絲一手夾著菸，一手寫著待會要貼在玻璃瓶上的標籤。

「恩妮·鮑爾／右手腕」

「瑪蒂·布藍奇／舌」

眞是令人愉快的一天。羅絲心裡滿足地想著。

20. 求救

一輛老舊骯髒黃色的卡車緩緩地駛離修道院，粗厚的輪胎濺起了泥漿，卡車顛簸地駛在泥濘的路面上，慢慢地往天堂鎮鎮上移動。

卡車後載著兩個女子，一人右手齊腕而斷但被包紮妥當，另一人嘴裡被塞了大量的脫脂棉。這兩名女子似乎都已陷入昏迷之中。在夜幕之中，黃色的卡車慢慢地消失了蹤影。

□

很久沒有做過這麼甜美的夢了，一種如煙如醉的感覺讓恩妮完全想不起之前的事，她只想永遠沉溺在這甘美的夢境之中。

但不久之後，嗎啡的效力已過，

痛楚再度強硬地侵佔了恩妮的所有知覺，

難忍的疲倦和疼痛使恩妮一下子便清醒。

左手手掌觸摸到的是一片粗糙的地面——是柏油路——是的，是柏油路——恩妮好不容易張開了雙眼——她不知道該哭還是該笑，遠處路燈的光芒相當微弱，看來，這裡是公路的路肩……修道院，自己終於離開了修道院……天哪……終於……終於離開了那個恐怖的地方……

看來，是那些奇怪的傢伙把她丟到這裡來的。失去右手手腕的恩妮用左手撐起身體，就在她站起來的那瞬間，她注意到在路的另一端有人倒臥著——是瑪蒂！

恩妮顧不得疼痛馬上衝上前。

「瑪蒂、瑪蒂！太好了，還有心跳！瑪蒂！」

看來瑪蒂所遭遇的情況和自己差不多，好不到哪裡去。恩妮有些好奇地想拿出塞在瑪蒂嘴裡的脫脂棉，但是棉塊幾乎全部被血浸濕成爛糊狀。

「瑪蒂？」

「……」瑪蒂總算微微張開了眼，她似乎也被打了嗎啡針，她的目光失焦，滿臉是血。

「天哪，妳沒事吧？」恩妮說道，「我幫妳拿出嘴裡的東西。」

恩妮和瑪蒂兩人互相依靠，半走半拉地在公路旁的護欄坐下，恩妮本來想幫瑪蒂拿出口裡的脫脂棉，但是瑪蒂搖搖手，阻止了她。瑪蒂自己輕輕地將手指伸入嘴中，把脫脂棉一塊塊挖出來。

「啊、啊——」瑪蒂沒辦法說話了，她只能發出哀嚎似的聲音。

「怎麼會這樣？我看一下——」恩妮要瑪蒂張大嘴，但當瑪蒂的臉朝向她時，恩妮幾乎嚇得快尿出來。

發黑的口腔裡空空如也。

舌頭不見了，

只剩下根部在扭動著，

血塊散佈在口中，

彷彿一不小心就會全被吞下。

「不……瑪蒂……」

恩妮靠在瑪蒂的肩膀上，兩人同時哭了起來。她們從來沒想到這種駭人聽聞的事會發生在自己身上。恩妮現在已經不知道誰比較可憐，也許已經死去的人比自己更幸福，至少他們的苦難已經結束了。

□

天堂鎮的入口有間很有歷史感的加油兼休息站，白色的木造建築，小小的窗戶，彷彿是西部電影中才會出現的場景。

原本加油站旁曾經有家速食店，但是景氣不好，老闆把店結束經營，搬到西雅圖市區裡去當廚師了。現在那家速食店的店面還在，由加油站的老闆管理，提供給過客當作休息站。

這天晚上，加油站老闆夫婦，白髮蒼蒼的西恩和蘇菲亞，他們在接了一通電話之後，把原本已經關上的店門再度打開，一面打開櫃台後的電視。這看起來似乎是一個再平常不過的夜晚，但是西恩和蘇菲亞似乎在等待著什麼。

「親愛的，你要一些花生醬三明治嗎？」蘇菲亞對於電視上的脫口秀沒什麼興趣，她來回於櫃台和廚房之間，烤了吐司，也拿出了自家製的花生醬。

「今天的節目真是無聊。」西恩拿著遙控器轉呀轉，顯得有些心浮氣躁，「妳確定昆汀剛剛在電話裡是這麼說的嗎？」

「是的，我想不會有錯，應該是時間的問題。」

「希望她們能早點到，上次的女孩子一直沒辦法懷孕，真是麻煩得很。」西恩說道。

蘇菲亞點點頭，「我比你更希望凱文能夠趕快生下孩子，我們倆已經六十多歲了，再活也活不了多久，希望在我們死前能看到自己的孫子。」

「對了，這兩個女孩子來了之後，關在地下室裡的那個女生——」

「昆汀說他們要了。」

西恩拿起菸斗，「我真不明白，人肉的味道那麼酸，到底有什麼好吃的。」

蘇菲亞還未接話，他們便同時從搖椅上站了起來。

外面有人來了，那腳步聲聽起來不止一人。

「我出去看看。」蘇菲亞披上一件薄外套，順手拿著手電筒，緩緩走出店門。遠處的路燈泛著虛弱的淡黃色光線。有兩名女子拖拉著腳步，互相扶持地走向蘇菲亞。看樣子，就是昆汀交給他們處置的兩名女子，其中一名如昆汀描述般右手齊腕而斷。

蘇菲亞慢慢地迎上前，她看得出那兩名女子之前受過好些折磨，蘇菲亞換上了非常驚訝的神情，關心地往恩妮和瑪蒂走去。

□

「瑪蒂，再支持一下……我們就快得救了。」恩妮雖然想鼓勵瑪蒂，但她自己被切斷的手腕處再度開始滲血，天哪……再這樣下去一定會因爲失血過多而死。

「我的老天爺！」一名看起來既平凡又慈祥的老婦人拿手電筒照了照恩妮和瑪蒂兩人，「妳們發生什麼事了？！」

「請救救我們……」在此時此刻，這名看起來平凡慈祥的老婦人，她那關懷的眼神讓恩妮激動地大哭起來，「救救我們……拜託……」

「先進來吧，我立刻幫妳們叫救護車。」老婦人轉頭向店裡喊著，「西恩，快來幫忙！」

「怎麼啦？」一名穿著格紋襯衫和土黃色休閒褲的老人走了出來，他看到瑪蒂和恩妮的慘狀時不禁臉上出現了驚訝的神色，「上帝保佑——來，小姐，我扶妳進來。」

這對老夫婦是加油站的主人，他們是西恩和蘇菲亞·米爾頓，一對看起來與世無爭的和善夫婦，就像童話故事裡常出現的好好先生和好好太太。

在昏黃的燈下，米爾頓夫婦好心地拿醫藥箱替恩妮和瑪蒂包紮，米爾頓太太帶著身心飽受創傷的恩妮和瑪蒂到房間，好心地放水讓她們洗淨一身臭味和血污，並拿出睡衣。

「先穿我女兒的睡衣吧。」米爾頓太太慈祥地說，「西恩剛剛已經報警，也叫了救護車，可是不知道他們什麼時候才會到，妳們先在這屋裡休息一下。這裡有一些三明治和牛奶，放輕鬆點。」

恩妮接過米爾頓太太拿來的睡衣，她感激萬分地點點頭，「謝謝。」

恩妮洗完澡後，米爾頓太太溫柔地替恩妮梳好頭髮。「好了……心情鎮靜下來了吧？」

「好多了，謝謝……」恩妮雖然這麼說，但是她的左手依舊顫抖個不停。

「可以告訴我，到底發生了什麼事嗎？」

「我們遇上……」恩妮一想到亞歷山大家族的人們，她便全身發冷，「不！我不想談——」

「抱歉，我不該問的，妳們先休息吧，在這裡很安全，喝完熱牛奶之後就先到床上去休息，可憐的孩子……等警察來了，我再來叫妳們。」米爾頓太太催促著恩妮喝下熱牛奶。

恩妮聽話地將牛奶喝完，沒多久她就感到一陣熟悉的甘美感，她猛然意識到這種舒暢的感覺，似乎和手被切斷之後的睡意有些雷同——

天哪，不！

恩妮用僅存的左手敲著浴室的門。

「瑪蒂，妳洗好了嗎？快出來。」

恩妮到後來幾乎是拍門大叫，

但瑪蒂沒有回應，

在恩妮倒下之前，

瑪蒂一直一直都沒有回應。

21. 女人天職

一年半後

天堂鎮的鎮民最近忙得很。

雖然全國各地在聖誕節前夕都熱鬧滾滾，但是天堂鎮今年的聖誕格外不同。大家都有值得慶祝開心的事，好比說，一直希望獨生子能夠生下繼承人的米爾頓家終於傳出了好消息，一男一女的繼承人在聖誕節前夕隔了幾天相繼出生。

相當開心的米爾頓夫婦邀請全鎮的居民，包括令人景仰的亞歷山大家族，一起到他們新蓋好的大宅慶祝平安夜，同時也要慶祝米爾頓家繼承人的誕生。

各種顏色的聖誕燈在樹上不停地閃動著，街道上的人們總是提著大包小包、各種禮物，人人臉上帶著笑容——天堂鎮的鎮民看起來就像是正常人似的開開心心迎接聖誕。任誰都沒想到他們是一群如惡魔般，不，是比惡魔更可怕的傢伙——

□

「瑪蒂，妳聽到了嗎？是聖誕鈴聲……」

恩妮靠在床角，她全身上下只有一件單薄的睡衣，經過了一年多，她的頭髮長了不少，但是由於一直沒有梳洗，所以全都是油脂和灰塵。雖然明知道沒有舌頭的瑪蒂沒辦法回應，但是恩妮還是逕自說著。

「我永遠都記得……那時看到這座加油站時，我眞的眞的以爲我們得救了……哈哈……我眞是笨……我眞是沒有判斷力……原來，這裡不過是另一個通往地獄的入口……瑪蒂……這世界上的事眞的不可預料對吧？誰會想到……我們竟然活了下來。而且，還被迫爲一個恐怖的畸形人生下他的後代……瑪蒂，我猜妳也和我一樣，也想過就算死在修道院，也會比現在好。可是，現在我們連死都死不了，眞悲哀，對吧？」

在另一個角落裡的瑪蒂默默聽著恩妮說話，她隔著鐵欄柵，想要伸手握住恩妮的手，但是瑪蒂的手一靠近鐵欄柵，通電的鐵欄柵馬上就發出嘶嘶作響的聲音。

這裡是米爾頓家的地下室，「設備周全得很」。有兩間用鐵欄柵隔成的房間，裡面分別關著恩妮和瑪蒂。每隔一段時間，米爾頓家的獨生子就會來到這裡，他是頭部比常人大一倍，但是雙腿如五歲小孩般，形貌非常醜惡畸形的智障。他來到這裡的目的就是讓瑪蒂和恩妮懷孕，爲米爾頓家誕下繼承人。

瑪蒂和恩妮算是難得的女子，她們並沒有讓米爾頓家的人失望，跟之前幾個被綁架來此的女子相比，她們生下的孩子總算沒那麼畸形……雖然和他們的父親還是有幾分相像……

聖誕鈴聲不停地響著，偶爾還可以聽到男女老少合唱著歡樂的歌曲。恩妮不禁覺得相當諷刺，此刻的她就如同在地獄裡聽到聖誕鈴聲般悲哀。

「如果眞的有上帝，請賜給我死亡。」恩妮衷心地祈禱著。

但是很顯然地，天堂鎭似乎並不屬於上帝的領地，祂的庇佑似乎永遠無法到達這塊土地上。

忽然間，吱吱作響的房門被打開了，伴隨著許多人聲，似乎有一票人同時來到了地下室。

「各位，待會兒你們就能見到小米爾頓三世的媽媽們，說到這裡，我必須代表米爾頓家好好感謝我們偉大的鎭長大人——昆汀．亞歷山大——是您賜予我們這兩名女子，再次地感謝您。」說話的是西恩．米爾頓。

「哈哈哈，這是我能爲鎭民服務的地方，看到親如兄弟的米爾頓二世生了小米爾頓三世，我也很高興！」

眾人高興得很。

恩妮和瑪蒂本能地往角落裡躲縮，她們極有默契地用手捂住了臉——世上還有什麼比這更悲慘的事？被畸形怪物強暴之後生下了小怪物，現在，還要淪爲這群變態參觀欣賞的對象……

尾聲

「……聖誕節就快到了，接下來的長假各位規劃好了嗎？我自己想要趁著這溫馨的節日去探視朋友，這畢竟是個溫暖人心的日子，希望你能趁現在開始規劃一個美好的假期。這裡是KACL電台，我是柯恩醫生，在空中陪伴著你度過美好的下午時光。今天的節目即將告一段落，很感謝各位的收聽，我是費雪．柯恩醫生，希望各位的心靈能和身體一樣健康。明天下午同樣的時間，請別忘了柯恩醫生在KACL電台『傾聽你的心聲』節目隨時傾聽你的煩惱。再會了，各位。」

結束了長達三個小時的現場節目之後，費雪．柯恩醫生感到頸部有點僵硬，他放下了耳機，試著鬆動一下肩頸。

「怎麼樣？柯恩醫生，你看起來有點累。」製作人潔西卡．道格拉斯是位身材高挑，有著一頭棕髮的美人，看起來是屬於精明能幹的典型。

「噢，沒錯，大概是步入四十歲的關係，身體狀況好像愈來愈差了，我的醫生說我應該要多運動才對。」

「是嗎？那麼你應該考慮加入這個。」道格拉斯小姐帶著笑容遞給柯恩醫生一份精美的文宣。

「這是？」

「這是明天要在節目上唸的廣告稿，你可以先參考一下。」

柯恩醫生戴起了眼鏡，把文宣拿遠一些，「……這好像去年有舉辦過……天堂鎮的營隊……我看看……喔，今年舉辦的是聖經研習和瑜伽體操營隊……上面寫著：特別歡迎中年缺乏運動的男性上班族，本營隊規劃了各種和緩運動讓您從基礎開始強身健體。嗯，這看起來似乎不錯。」

「好像不錯的樣子，我本來也想參加，但是他們有性別限制。」道格拉斯小姐聳肩，「我晚上還有約會，先走了，再見。」

「OK，明天見。」柯恩醫生也從座位上站起。

人哪，一過了四十歲之後體力眞的大幅下降不少。柯恩醫生一面整理公事包，一面注意到自己的皮帶又往前挪了一格，腰圍又胖了一吋。

是該運動了。

在離開播音室前，柯恩醫生拿起了電話，撥了外線。

「喂，聖誕快樂，您好，這裡是天堂鎭教會。」

「嗨，聖誕快樂，我想詢問有關下個月舉行的聖經研究和瑜伽體操營隊……」

「請您稍等，我爲您轉接專人。」

「謝謝。」

The End

鬼狐同學

楔子

不知從何時開始，窗外寒冽的北風已然退去，取而代之的是暖暖的春日和風。春天，可以是許多人的，但絕不可能是陳志婷的。

志婷站在落地鏡前端詳著自己。長而柔軟的頭髮，瓜子臉，水汪汪的眼睛，十七歲正是最美最可愛的年紀。可是再仔細點看就會發現，鏡子裡的志婷臉上毫無血色，柔軟的唇上有幾道不清楚的裂痕。

「如果是戀愛造成的吻痕就好了。」

志婷淒楚地嘲笑自己，可惜，唇上的傷痕是其他女孩子造成的——是她們欺負自己時造成的。

志婷輕輕觸碰著自己的臉，原來長得漂亮可愛，一點也不是件幸福的事……這張臉帶來的壞事難道還算少嗎？

總是遇到色狼、身邊的男生每個都對自己毛手毛腳、沒有任何同性好友、被班上的女同學欺負、連爸爸都很討厭自己……這到底是怎麼啦？明明什麼事都沒做，爲什麼卻又這麼可憐呢？

——志婷那孩子長得一點都不像我，該不會是妳和以前男朋友生的吧？

——喂，學妹，走嘛，我帶妳去看電影吃飯逛街！哇，妳身材眞好，有沒有E罩杯啊？

——陳志婷，妳以爲自己長得漂亮就了不起嗎？！到處勾引別人的男朋友，賤貨！

——喂，妳看看妳自己這副死德性，媽的我說妳兩句妳就不爽啦！婊子生的狗娼妓，一看到妳這小雜種就想起妳那死人老媽給我戴的綠帽！幹！

——妹妹，要不要一起去玩啊？妳長得眞漂亮，呵呵，有沒有男朋友啊？叔叔給妳零用錢，妳陪叔叔玩……

——去把地上的飯撿起來吃啊！上次頭被按到馬桶裡的教訓還不夠嗎？去、快去把地上的飯粒撿起來！

志婷不停地回想著所有對自己不好的人、討厭的人、痛苦的事……然後在回憶裡最痛苦最令自己反胃的畫面浮現時，志婷突然睜大了眼睛，向著鏡子裡的自己伸出了左手。

鏡子裡忽然閃過一道微亮的光，幾滴溫熱的血濺上了鏡子。

割腕是需要決心的。

《完全自殺手冊》上寫著：「……總之，如果沒有打算把手腕割下來的決心是不會死的。」現在，終於要割動脈了，還有動脈附近的正中神經——志婷咬著牙，心裡重複著書上的話：「……把手腕割下來的決心……」

使用的是鋒利的主廚刀，刀刃磨得又薄又利又快，雖然切斷神經時的疼痛讓志婷痛得弓起身子趴在床邊，但是拜利刃所賜，不用太費力就可以輕鬆割斷粗厚的動脈。

動脈裂口噴出了血柱。

看著鮮血把床單和睡衣染紅，志婷忽然有種說不出來的幸福感。膽小者的自殺只是想喚起其他人的關注，可是志婷認為自己跟他們不一樣。

「這是解脫的最好方法啦，死掉就可以一了百了，沒有人會欺負我，沒有人會討厭我，反正大家都不需要我，我也不需要任何人……」志婷喃喃自語著，「好舒服，身體好像……愈來愈輕了……」

朦朧中，志婷眼前浮現了爸爸冷漠的臉還有那些女生惡毒鄙視的表情……太好了……只要一死，就不用再看見這些人了。

志婷心滿意足地閉上了眼。

「謝謝，請不要救我。」

第一章

今天一整天，志豪都覺得心神不寧。

午休時雖然睡著了，但是卻夢見姊姊志婷滿身是血地從窗前走過。

媽媽出車禍的那天，志豪也在午休時夢見了只剩下頭的媽媽。

那麼，姊姊該不會出什麼事吧——

一回到家裡，志豪就連忙衝上二樓。他拚了命敲門，可是姊姊的房間裡卻寂靜無聲。「完了，該不會真的出了什麼事吧——」志豪使勁地拍著木板門，大叫著：「姊！姊、妳在家對吧？！快點開門！姊！」

沒有人回應。

「姊！不管妳在幹嘛，如果妳再不開門，我就要衝進去了！」

志豪說完，往後退了幾步，接著用肩膀撞開了薄薄的木板門。房裡沒有人的樣子，可是當志豪一低頭，就見到滿地的鮮血……一頭散在血泊中的黑髮和髮絲下一截青白色的手腕！

志豪驚駭地看著倒地不起的姊姊，腦裡浮現午休時的夢境。不，姊姊，不要死、不能死——志豪瘋狂地衝進房中，濕滑的血液讓他跌倒，正好撞在志婷的身上。這一撞，讓志婷的臉孔露了出來。

「姊！姊……怎麼會這樣？」

志豪抱住了志婷，感到志婷身體還有些溫度後，他連忙站了起來，衝到樓下叫救護車。志豪並沒有注意到志婷臉上洋溢著解脫的幸福表情，也沒有注意到落在自己腳邊，寫著：「謝謝，請不要救我。」的便條。

……不一會兒，志豪又衝上樓，他抓起床單包住志婷，志婷左腕像是被瘋狂亂斬般血肉模糊，隱約可以看見白骨。這麼看來，志婷並不只是想開開玩笑——

□

「喂喂，嘉慧！」詩函伸手推了推嘉慧。

「嗯？幹嘛？」名叫嘉慧的女孩子本來正埋頭寫著東西，此刻緩緩地抬起頭來。

「小母狗今天又沒來上學耶。」詩函說道。

嘉慧看了眼隔壁座位的康雯，康雯不以爲意，「嗯，好像又請假了。」

「八成是吃了被我們踩過的青菜，所以得了什麼腸胃炎吧。」嘉慧冷冷地吐出這句，「再躲也躲不了多久，那匹小母狗。」

詩函雙手抱胸，側著頭說道：「唉，這麼一來，今天就會是很無聊的一天了。」

「是啊，陳志婷同學一天沒來上課，我們就一天沒有來學校的動力。」康雯也托著下巴說道，「眞無聊……本來我還從我爸的診所偷拿了很多奇怪的藥，想要給那匹小母狗來個人體實驗的說……」

嘉慧板起臉，「喂喂，妳們這是怎麼啦？陳志婷那個賤貨什麼時候變成大家的精神寄託了？想要消遣時間對吧？就算陳志婷沒來上課，我們也可以找個新對象來下手啊。」

「眞的嗎？太好了，嘉慧妳說，這次要來整誰呢？」詩函興奮地望著嘉慧。

身爲這個小圈子的領袖，嘉慧轉頭注視著坐在教室角落的清秀女孩。「李思寧怎麼樣？從上學期轉學來到現在，她好像不太把我們放在眼裡似的。」

「對呀！」康雯也注視著坐在角落的李思寧，「上次她在廁所看到我們把陳志婷的課本丟進還沒沖水的馬桶裡，之後她好像去告訴陳志婷了。」

「這種怪裡怪氣的丫頭，看了就討厭。」詩函哼道。

「既然大家都沒有意見，那麼待會兒就請那位李思寧小姐過來聊聊吧。」嘉慧柔柔一笑。光看她的笑容，竟然相當美好呢。

這裡是青山高中二年七班的教室。和一般高中沒有差別，這個班級裡也有不少小團體。其中最讓其他同學感到討厭害怕的就是以黃嘉慧爲首的幾個女孩子。黃嘉慧長相是可愛型的，個子雖然不算高，但是甜甜的笑容很引人注目，略微纖瘦的身材讓她看起來就像個國中女生似的。團體中另一名成員顧詩函也有張嬌巧可愛的臉蛋，她留著及肩的秀髮，戴著無邊框的眼鏡，再怎麼看都是個超級乖寶寶；最後一位也是三人之中身材最高最瘦削的林康雯，她是校內跆拳道社的現任社長，運動神經發達，十足頭腦簡單四肢發達。

這三個女孩子到底爲什麼會湊在一起，沒人知道；班上同學唯一知道的就是，她們很討厭同班同學陳志婷，也許是因爲陳志婷是男生眼中的校花吧——以黃嘉慧爲首的小團體，總是想盡辦法欺負陳志婷。然而這個班級也像其他你我曾經處過的班級，大家在升學壓力下並沒有人爲陳志婷出頭，大家只是很努力的照顧好自己，至於其他的事……眼不見爲淨吧。

「對了，嘉慧，昨天我有看到妳爸爸上電視耶。好棒唷，果然是未來的行政院長。眞羨慕妳，有個這麼威風的爸爸。」詩函諂媚地說。

「那也沒什麼……妳們都知道，當初選總統時我爸捐了很多錢，也動用很多關係輔選，現在請他當行政院長本來就是應該的。沒有我爸，蔡總統根本當選不了！」黃嘉慧得意地說。

「哇，那妳以後就是行政院院長的千金耶……」康雯也露出了羨慕的表情。

「呵呵。我爸說，等到我高三要申請學校的時候，他就找總統和副總統來幫我寫推薦信，交給教育部部長，到時候我想讀哪間大學，就可以讀哪間大學！」

「好好喔～」康雯和詩函忍不住發出讚嘆聲。

上課鐘響後，這三個女孩子才戀戀不捨地結束了談話。

詩函一溜煙回到座位上，啪地打開了筆記本。

「要好好計劃一下才行……」詩函看著轉學生李思寧，「要給這個臭ㄚ頭來點新鮮的嚐嚐——」

這世界就是如此可怕。明明就沒有深仇大恨（甚至連小仇小恨都沒有），但依舊可以毫不猶豫地陷害、欺負、仇視對方。不知道該怎麼說才好，難道人性真的本來就是邪惡的嗎？

□

「李思寧，軍訓的分組報告妳選好組了嗎？」

「喔……軍訓報告啊……還沒有耶。」思寧抬頭，站在她面前的是班長俞家祐。

家祐似乎早就預料到她的答案，說道：「我們這組還差一個人，如果妳不介意其他組員都是男生的話，要不要跟我們一組？」

這句話幫了思寧一個大忙，「好啊，謝謝班長。」思寧心想，開學時投的那一票總算有點價值。

「那星期六早上大家一起去圖書館查資料。」

「我知道了。」思寧點點頭，露出放心的笑容。

嚴格來說李思寧並不是特別漂亮顯眼的女孩子，大概就是一般人所說的「斯文秀氣型」的女孩。不過從上學期李思寧轉學來之後，家祐總是不知不覺地注意她，一開始是因爲座位很接近，後來換了座位之後，家祐發現自己的視線還是老往思寧身上飄去。

這是喜歡嗎？家祐並不確定。不過下學期開學之後，就連家祐的死黨們也漸漸察覺家祐對思寧有「特別」的好感。例如這次軍訓課分組報告的事，其他組員完全沒想到要找女生加入，可是在最後要送名單出去時，家祐以「班長要照顧班上同學」爲理由，向大家施壓，讓思寧加入。

「小祐，你幹嘛拉李思寧來我們這組啊？如果她眞的分不到組，你就動用班長的權威把她安插到隨便一個女生組就好啦。」故意試探家祐的大個子男生叫陳亮言，綽號大寶，他從小學就和家祐同班，沒想到高中考了同樣的分數後又再度展開同班生活。

「話，不是這麼說地……」家祐毫不猶豫地說道，「如果按照大寶你的話來做，那李思寧一定會覺得很丟臉，而且被要求的女生組也會很不高興。而且最重要的一點是——」

「是什麼？」

「最重要的一點是——我那『神聖的班長的權威』也只能威逼你們幾個人，用在女生身上會被揍的。」

「……哼，根本就是重色輕友。」

「你說什麼？！」家祐執起大寶的領子。

「哇呀，班長大人饒命～小的再也不敢了。」

後來下午放學前軍訓報告分組的名單就這麼定下來了，看到名單之後的嘉慧、詩函、康雯三人更覺得感冒。

「李思寧那丫頭算什麼呀，竟然跑去和俞家祐、大寶他們同一組，以為這樣就可以提高自己的人氣還是身分地位了嗎？」火爆脾氣的康雯率先發難，「這丫頭眞是討人厭，我看不用等明天了，放學之後就把她叫過來。」

詩函也同意，說道：「嘉慧，她和俞家祐同組耶，擺明了不把妳放在眼裡。」

嘉慧哼了哼，「別把事情算到我頭上，我跟俞家祐的關係就算有十個李思寧出現也不會有問題。」

「話是這麼說沒錯啦，可是……」

詩函和康雯對望一眼，心中均道：妳跟俞家祐的關係當然沒問題，因爲到現在你們根本「沒有關係」！

□

醫院的走廊通常都非常寬敞明亮，偶爾會飄著淡淡的藥品氣味；對於有些來探視病患的人來說，時常會覺得「啊，這就是醫院的味道。」不過對於在開刀房外焦急等候的病人家屬來說，這種氣味簡直就是一種極討人厭的標誌；也許身在其中時還不覺得，但那氣味已經深深的印在腦海中，日後每次聞到，都會產生煩悶的厭惡感。

人的心理就是這麼有趣。

現在，一個人孤孤單單坐在開刀房前的志豪就是這種心情。與其說是在擔心失血過多的姊姊，還不如說是當年媽媽車禍過世時的記憶重新浮現，強烈地折磨著他。兩年前的某個午後，天氣已經變熱了，志豪吃完中飯後在操場打了會兒籃球便回到教室午休；平常老是睡不著的他，那天竟然很快就進入了夢鄉，並且還做了場恐怖的夢。

「兒子……幫媽媽把頭帶回去好嗎？」

夢裡，媽媽的頭浮在半空中，瞪得比平常大許多的眼球幾乎要擠出眼眶，雖然沒有鮮血淋漓，但是媽媽那扭曲又猙獰的臉孔讓志豪嚇出一身冷汗。後來，媽媽的頭開始笑，隨著笑聲愈來愈刺耳，頭顱也不停地上下跳動著，甩動著頭部的血管和神經——

「喂！你姊姊怎麼啦？」爸爸的聲音忽然打斷了志豪的回憶。

「爸，你怎麼現在才來？」

「我要上班啊！說這什麼廢話？！」陳長威沒好氣地訓斥兒子，「你姊姊又怎麼啦？」那語氣似乎對志婷的死活毫不在意，極度感到厭煩。

志豪聽在耳裡，渾身不舒服，「爸，你幹嘛這樣說？姊姊自殺了，難道你一點都不擔心著急嗎？」

「我當然擔心著急呀。」陳長威從褲袋裡掏出一盒菸，但抬眼就看到禁菸標誌，只好抽出一根菸往嘴裡一含，並不點燃。「……那個臭丫頭要是死了，別人還以爲是我逼死她的！眞是找麻煩——像極了她那死鬼媽媽。」

「爸！」志豪雖然知道爸爸一直覺得志婷姊姊不是他的孩子，可是沒想到爸爸竟然毫不猶豫就能說出這種話。

這時開刀房的燈號熄滅，醫生走了出來。

「請問是陳志婷的家屬嗎？」

「嗯。」叼著沒點的菸，穿著皺巴巴褪色的襯衫，個頭不高的陳長威給醫生留下了很不好的印象。

「經過輸血後她的情況還算穩定，幸好發現得早，待會兒送到病房之後你們就可以去探視她了。」

「謝謝醫生！」說出這句話的並不是父親陳長威，而是志豪。

還未等醫生走遠，陳長威便哼了哼，「什麼嘛……看樣子根本就沒事，那個死丫頭八成是在胡鬧，想要引起別人注意。媽的，以後再發生這種事別打電話給我，別耽誤老子上班賺錢！」

「爸，你怎能……」

「小豪，你幹嘛對那丫頭這麼好？她根本不是陳家的人。」

「那又怎樣？她是我姊姊！更何況我們從小到大都一起生活，就算是沒有血緣關係的外人，也會有感情不是嗎？」

「你這小鬼，平常都還算聽話，怎麼每次一講到那個死丫頭的事，你就這麼激動？你知不知道要是我死了，財產不能全部留給你，還得分那個婊子生的小雜種一半呢！」陳長威滿口粗言，看了看錶，「浪費我的時間，害我請了下午的假，損失半天的薪水，真是倒楣。」

雖然說醫院裡的病患本來就是形形色色，不過像是陳長威這麼惹人側目的傢伙其實還滿少見的。左一句「死丫頭」、右一句「臭丫頭」，好像躺在病床上的少女跟他有什麼深仇大恨似的。就連不遠處的護理站，都可以清楚聽到陳長威嘮叨不絕的聲音。

「既然那丫頭沒事，爸爸順便載你回家。」陳長威連病房在哪都懶得問，打算直接回家去。

志豪終於忍無可忍，「爸！你、你竟然就這樣回去？！不管你再怎麼樣討厭姊，也應該去看看她吧？」

「我願意替她付住院費，她就該感激涕零了，還妄想我去看她？門兒都沒有！你不回去是不是？隨便你！」陳長威轉身大步走向電梯。

志豪看著父親的背影，這瞬間他多少能體諒姊姊選擇自殺的心情。如果換作是自己的話，要不自殺要不就是離家出走……天哪……以前媽媽還在的時候，至少這個家還能維持住表面的和平，可是現在——志豪不知道該怎麼辦才好，雖然覺得姊姊很可憐，但是身爲子女，又能怎麼辦呢？

走廊上偶爾有其他病患家屬走過，每當看到其他人一臉憂戚地爲親朋好友擔憂時，志豪不禁爲姊姊的處境感到加倍的難過。

第二章

放學前，思寧突然收到一張紙條。沒有署名，不知是誰壓在她的透明桌墊下。紙條的內容很簡單：「放學之後在司令台後面等妳。」字體有點歪斜，好像是故意要讓人無法判斷。

「又不是大仲馬小說裡的告密信，還來這套？！哼，無聊。」

大部分人對思寧的印象都是「斯斯文文的，很清秀的女孩」，事實上思寧的父親是位相當出色的鑑識法醫，而母親則是期貨市場的女強人，所以從小受到父母親薰陶的思寧，實際上是個極冷靜又敏銳，不輕易表露出好惡的早熟少女。為了適應轉學後的生活，思寧把自己完全封鎖，冷冷地旁觀著這個班級的一切。

反正，唸高中的目的就是為了要考上大學，至於跟班上同學的互動……很顯然沒有任何一所大學會在意。所以，可以儘量做自己的事，和其他同學保持距離。如果要說這麼做有什麼不便的話，也大概只有在分組時，才會感到一絲絲的麻煩和困擾。就好比今天軍訓分組的事……

不知道該說是心機重還是善於保護自己，思寧一看到那張筆跡經過刻意偽裝的紙條，就猜出一定是最惡名昭彰的小團體，以黃嘉慧為首的那群瘋婆子幹的好事。

雖然思寧看似沒什麼朋友，但是她收集小道消息的功夫可不容小覷。如果沒猜錯的話，一直在「明戀」班長俞家祐的大小姐黃嘉慧絕對是由於看了軍訓分組名單而火冒三丈，打算好好地惡整自己。

思寧把紙條一揉，投進了遠處的垃圾桶，是個漂亮的空心。

反正是絕對不會去赴約的，那張紙條也沒有什麼留下的必要。思寧心想，自己跟弱不禁風的校花陳志婷不同，才不會任那幾個瘋子擺佈……不過一提到陳志婷……思寧還眞覺得她有點可憐。

黃嘉慧她們幾乎每天都要找事情欺負陳志婷。有時候黃嘉慧、林康雯她們幾人就故意在午飯時圍在陳志婷的座位，遠看好像是四個女孩在快樂的吃飯，不過實際上大家都知道，她們常常把一些髒東西或者很噁心的蟲子當著陳志婷的面倒進陳志婷便當，然後恐嚇她一定要吃掉。或者是把陳志婷的便當直接搶走倒掉後，再裝一些她們發明的不明物體，說那盒噁心的東西是「友情便當」。

當然啦，只要是分組時，黃嘉慧她們幾人一定會拉著陳志婷加入，好趁著分組時再找麻煩欺負她。如果只是強迫陳志婷一個人完成所有分組的工作那也還好，重點是她們幾人總是不停破壞一切，然後再向老師抱怨陳志婷害了全組。等到這次分組的課程完畢之後，下一次的分組時黃嘉慧她們又擺出了「勉強收留妳這沒人緣的傢伙」那種嘴臉，施恩似地拉著陳志婷不放，簡直就像惡性循環般永無止境。

有時候思寧很無法理解，爲什麼陳志婷甘於被這樣欺負。如果陳志婷自己沒辦法和黃嘉慧她們對抗的話，至少也可以回去跟父母哭訴呀，可以讓父母出面解決嘛……不過陳志婷好像並不想讓父母知道的樣子，眞不知道她到底在想些什麼……算了，反正也和自己無關，不用多管閒事。

不過，現在黃嘉慧那幫人好像把矛頭指向了自己……既然如此，那麼就陪黃嘉慧她們玩玩好了……思寧嘴角勾起淡淡的笑，走向班長俞家祐的座位。

「喂，你今天放學之後要幹嘛？」思寧以很輕鬆的口吻提問，但家祐明顯地嚇了一跳。

家祐有些不知所措，「妳說我嗎？」

「要不然你覺得我在問大寶同學嗎？」

「……啊，我不是這個意思啦。」要命，家祐可以感到血液全都衝上臉了。

「那結果，你到底有沒有空嘛？」

「有啊。」

一直在旁邊偷笑的大寶這時插了一句：「啊你晚上六點半不是要去沈赫哲補習？」

「呃。你不要多嘴啦。」家祐一手勒住大寶，對著思寧傻笑，「妳別管大寶，大寶他暗戀沈赫哲的櫃台小姐，所以天天都想去。」

「喔……本來想找你一起去誠品逛逛，如果你有事——」

「我沒事呀，閒得很。」家祐急忙說道，「那待會兒放學後一起走吧。」

「OK。」思寧拍了拍大寶的肩膀，「大寶同學，你的哥兒們今天暫時借我吧。」

「唔呼呃啊呀~」被家祐緊勒住脖子的大寶也只有點頭同意的份了。

□

暈眩。

身體重得不得了。

這是怎麼啦？

怎麼還到不了地獄呢？

誰拉住了我？

現在走不了啦。

啊，

原來我就在地獄裡，

活生生的地獄。

中。

志婷不想睜開眼。她想起了京極夏彥小說裡的少女，被切斷了四肢放入盒子

她寧可變成那樣，也不願意再度清醒，回到人世。地獄呀，本來就要從活生生的地獄裡解脫了，可是卻……

「還沒死的話，就快點起床回家！媽的，眞是找麻煩。」父親的聲音如利刃般捅進志婷的耳中。

「爸，你不要這樣嘛！」志豪在床邊抗議著，「如果讓姊聽到了怎麼辦？」

「老子就是專程講給這個死丫頭聽的！」陳長威冷冷地看著在病床上緊閉著眼的志婷，「住了這麼多天醫院，你知道你姊花了我多少錢嗎？幹。」

接下來一如往常，又是志豪和父親爭執的聲音。志婷不想睜開眼，她只是好恨！爲什麼不能輕鬆地死去，爲什麼要救她？如今的她，在爸爸的眼中只是惹事生非的死丫頭，這次自殺恐怕沒有人會當眞吧，一定會認爲是自己在演戲，想要博取同情或者引人注目……冷汗從志婷背上冒出，她幾乎已經可以想像到黃嘉慧她們的表情……

「……很痛苦吧？可憐的孩子。」忽然間，一股柔美的聲音以極不自然的方式鑽入了志婷的耳內，那聲音非常陌生，沒辦法判定從何而來。

志婷嚇得睜大眼，但全身卻無法動彈，她連張嘴都沒有辦法的情況下，竟然聽

到自己的聲音從體內迸出：「是誰？」

「我是狐仙。」一團柔和的白光在天花板上浮現，除了志婷之外，在病房裡爭執不休的志豪和父親似乎都沒有察覺，也沒有聽到異樣的聲音。那股自稱是狐仙的聲音繼續說道：「妳別害怕，我深深感受到了妳的痛苦，所以前來幫助妳。」

圓瞪著大眼，志婷如同被鬼壓似的全身發青，然而她體內的聲音卻依舊在和狐先對話：「幫我？爲什麼要幫我？」

「幫妳當然是有條件的……」天花板的白光裡出現了一張女人美麗的臉，原本應該有著眼珠的地方，似乎被挖空後塡上了白色珠子，使得那張臉雖然很美，但是異常恐怖。

「……什麼條件？只要能讓我脫離現在的生活，我什麼條件都可以答應妳！」志婷訝異著自己竟然會發出這種求救的聲音，一方面感到不可思議，一方面卻也再度確認自己眞的對如今的日子感到深惡痛絕。

自稱是狐仙的女人嘴角往兩耳裂開，嘻嘻地笑著：「別急呀，孩子，先聽我把條件說完吧……幫助妳脫離苦海的條件就是，妳必須把妳的靈魂賣給我七天。這七天中由我來控制妳的一切，不得反悔。如果在這七天之中妳拒絕了我的控制，那麼妳的靈魂就會永遠墮入無止境的邪惡折磨之中。」

「七天？」

「當然啦，這對妳也是很有好處的。我會幫助妳離開目前的生活，並且給妳機會向那些造成妳痛苦的壞蛋復仇。」狐仙陰冷地笑著，「……孩子，只要失去七天的自由，就可以結束長期以來的痛苦，何樂而不爲呢？」

「……」志婷心裡浮現了父親和黃嘉慧她們冷漠的表情，半晌，她聽到自己的身體用盡全力似的凝聚出一句強烈的話：「一言爲定！」

「太好了……三天後的午夜十二點，就是我們交易的時刻。」狐仙滿意地搖晃著那張沒有血色的臉，漸漸地消失，只剩下那甜美的聲音迴盪著，「……很快，就不會再痛苦了……」

□

陽光的熱度穿透了眼簾，志婷感到一陣陣強烈的白光。她走在通往教師辦公室的長廊，一束束陽光灑在很有年紀的磨石子地面，反射出志婷的身影。那天晚上，是的，就是夢到狐仙的那個晚上，距今已有三天了。

是夢嗎？

如果不是夢的話，那麼，我今晚會死吧？

志婷來到二年級的導師室前，一面想著，死前還把時間浪費在老師面談上，實在太浪費了。可是……既沒有非告別不可的人，也沒有特別想去的地方，更沒有安排後事的能力，所以什麼都不做地死去，好像最適合志婷了。

志婷敲門後走進了導師辦公室。她的導師是位三十出頭的高瘦女子，名叫王秀蘋。王秀蘋老師是教歷史的，她一向不太在意班上的事，不過再怎麼說，搞到有學生自殺，王老師實在是非出面不可了。於是在志婷返回學校的第一天，王老師便急急找志婷面談。

「老師。」志婷低低地打了聲招呼。

王老師摘下眼鏡，闔上了教科書，望了眼志婷手上的繃帶，「手上的傷還痛嗎？」

「還好。」

「老師接到電話時，嚇了一大跳。有事，應該先和老師商量才對，怎麼會想到要傷害自己呢？」王老師那副口吻有些冷漠，「妳這麼做，讓老師很難面對其他同學和家長，人家會以爲我這個導師完全不管班上學生的死活。」

「……對不起。」

「志婷，到底發生了什麼事呢？妳的成績一直不錯，應該不是爲了升學壓力才想不開吧？」

「我……」志婷隱瞞了家裡的事，只說道：「我在學校過得很不開心。」

「不開心？」王老師直覺地皺了眉，志婷的話似乎暗指身爲班導的自己並沒有盡責。「怎樣的不開心？不喜歡讀書？還是跟同學處不好？」

志婷的表情有些茫然，但堅定地答道：「她、她們……完全不覺得自己在做壞事……好像欺負我，可以讓她們獲得很棒的感覺……」

「什麼？誰欺負妳？」光憑這個問句，就能清楚知道這位導師似乎從來就不曾關心過班上同學的情況。

然而志婷陷入了一種下意識，自說自話的情況，她飄渺的眼神無法聚焦，喃喃說道：「……她們誇口說那是爲我好呢……要我在學校生活中體驗社會的黑暗面，毫不留情地拖著我不放，世界上啊，最恐怖的就是僞善者啦。」

王老師帶著萬分驚訝的表情看著志婷，「志婷，妳……是不是不舒服？」

志婷被這麼一問，反而從極度失神的狀態回復，她花了些時間讓自己平靜，然後以很不自然的口吻告退，「抱歉，老師，我想回教室。」

「好，妳快回去吧。」

王老師巴不得志婷立刻消失。畢竟辦公室裡還有其他老師在，王老師不希望其他老師認爲自己的班上出了大麻煩。王老師看著志婷腳步不穩地離開辦公室，她心裡揚起一陣煩悶和不愉快。

「這個陳志婷看起來實在病得不輕。」王老師心想，「在教學生涯裡遇到這種奇怪的學生實在是倒楣至極，唉，現在的高中生愈來愈難教了。」

從導師辦公室出來後，陳志婷感到愈來愈不對勁。剛剛在導師室時，她其實意識非常清醒，她很清楚自己什麼話都不想說，但是體內有股她無法控制，也不知從何而來的聲音，替自己說了一大串話……而且是精準地說明了自己的心情。一想到這裡，志婷便不自覺地露出苦笑，「大概是人格分裂吧」，志婷這麼認爲著。

回到班上，黃嘉慧、林康雯和顧詩函三人馬上圍住了志婷。黃嘉慧還是老樣子，帶著冷笑，看戲似的欣賞林康雯和顧詩函的表現。與其說是黃嘉慧唆使林康雯和顧詩函，還不如說是黃嘉慧一手導演了這場欺負同學的戲，黃嘉慧如同導演，要如何就如何，不只志婷，連林康雯她們都沒有拒絕的機會。

「怎麼啦？大美女。這麼多天沒上課，聽說妳不太舒服啊？」林康雯一伸手便緊緊捉住志婷綁著繃帶的手腕，讓志婷猛地一疼。

「……放開我。」志婷低聲反抗。

「哎唷，妳在生什麼氣？在氣我們沒去醫院看妳嗎？」顧詩函拋出令人生厭的笑容，說道：「我們其實都不知道多擔心妳呢——幹嘛？一回來學校就拒人於千里之外呀？」

「以爲自殺很了不起嗎？想用這種把戲博取同情？還是想恐嚇我們？」黃嘉慧冷冷開口，「陳志婷，不要以爲長得漂亮就可以這麼自以爲是。妳要搞清楚，我們都是在幫妳耶。我們是給妳一個向殘酷社會學習的機會，妳不要不識相。」

「說夠了沒有？」陳志婷猛然抬起頭，瞳孔裡的視線非常渙散，像對著空氣的某一點說話，「拚命欺負我之後，再裝出和善的表情，僞善者！」

「妳這是什麼態度？！」林康雯用力扳著志婷的手腕，大喝道：「死三八，給臉不要臉，妳以爲我們班上還缺妳一個賤貨嗎？這麼喜歡自殺不會多試幾次嗎？自殺死不了還回來學校丟人現眼——」

「說夠了沒？怕別班不知道我們班上搞鬥爭是不是？」李思寧的聲音在嘉慧背後響起。

嘉慧緩緩轉頭看了思寧一眼，接著命令似地對康雯說道：「好了，我們的關心也表達夠了。康雯、詩函，陪我去合作社吧。」

林康雯和顧詩函臨走前不忘給思寧幾個白眼，思寧視而不見。此刻在班上的同學心中無不對李思寧的勇氣鼓掌叫好，即使如此，卻也還是沒有任何人願意出來安慰志婷。

志婷不知道該對思寧說些什麼，眼前這位轉學來不久的同學竟然比其他人還敢發聲……唉，希望黃嘉慧她們不要從此開始找李思寧的麻煩才好……志婷想要說謝謝，但是思寧已經回到自己的座位上了。

第三章

「李思寧這個死丫頭！」

嘉慧狠狠地把剛買來、還未開瓶的飲料往跑道上一丟，發出匡噹聲之後，鋁罐愈滾愈遠了。

「前幾天她老是跟俞家祐一起行動，寫紙條給她，她竟然還當作沒看到——根本完全不把我們放在眼裡嘛！」詩函哼了哼，「擺明了不把我們當一回事！目中無人的臭丫頭。」

「是啊，竟然敢在大家面前對我們大呼小叫，哼……眞是活得不耐煩了。」康雯看了嘉慧一眼，「嘉慧，妳覺得應該怎麼教訓李思寧？」

「我啊，正在想些有趣的辦法呢……」剛剛還火冒三丈的嘉慧，現在突然露出陰惻的笑容，「反正，李思寧是逃不出我們掌控的。」

嘉慧那志得意滿的笑容像是擁有魔力似的，一下子就感染了康雯和詩函。如果說世上有人性本惡的傢伙存在，那麼大概就像是嘉慧這樣的女孩子吧……

□

志婷已經不知道自己是如何熬過最後幾堂課、又是如何回到家的……她虛脫似的倒在床上，完全不想動。她的房裡，隱約有股血的味道。大概是上次割腕時流出的血，已經無可挽回地滲入了房間的每個角落，即使再怎麼擦也無法清理乾淨。就像長年累月被傷害的心，志婷很清楚，即使有朝一日從高中畢業了，她依舊會活在這走不出的夢魘中。

這就是活生生的地獄。

想要逃離！

但是無路可逃——

「死掉的人眞幸福啊。媽媽……妳現在一定很幸福，對吧？」志婷微張著眼，看著床頭媽媽的照片。「媽……那個時候爲什麼不帶著我一起死呢？我一個人留在這世上，實在好累……媽媽……我好想妳……」

朦朧中，志婷感到一股力量催促著自己入睡……

只要閉上眼……

□

一股寒風吹拂在志婷身上。志婷一睜開眼就發覺自己在一處破舊骯髒的公共廁所中。她雙手扶著泛黃的瓷製洗手台，牆上掛著發鏽的大鏡子裡，反映出志婷背後那一扇扇半開著的廁所門板。

「這是……夢吧。」志婷的心裡有股聲音說著，很清楚地知道現在自己正處於一場夢境之中。更奇怪的是，志婷感到自己有些期待這個夢境，好像等了很久似的，終於能夠進入這個夢中的志婷，覺得自己竟然感到微弱的興奮。

「志婷、志婷……」

「媽？」聽到了呼喚自己的聲音，志婷自然而然地脫口而出。錯不了的，那是媽媽的聲音。

「乖女兒，媽好想妳。」被黑色氣體籠罩著的女人形體，從志婷身後的某扇廁所門後慢慢出現。

「媽，是妳……眞的是妳？」

志婷轉身，但發現身後的廁所並沒有媽媽的蹤影，她只好再轉頭看著鏡子——此刻，在鏡中，志婷媽媽已經完整地走出了廁所——事實上無法判斷那是不是志婷的媽媽，它其實只是個被黑色氣體包覆住的人形。

「志婷，不可以唷。」志婷媽媽忽然間聲音緊張起來，「要拒絕、一定要拒絕才行——不可以出賣——啊，不行了，已經來了——要聽媽媽的話、否則會後悔的！一定要拒絕才可以！」

「媽！」

不管志婷再怎麼叫，鏡子裡那束疑似志婷媽媽的黑影彷彿被某種力量吸住，就這麼被拖入廁所之中。

□

「姊！」志婷的房門被開了一半，志豪憂心忡忡地望著半夢半醒的志婷。

「……啊？」志婷睜開眼，剛才那充滿真實感的幻象還揮之不去。

「姊，妳是不是做惡夢了？我聽到妳一直在叫媽媽。」

「我……」志婷撐起身體，苦笑，「好像是夢到了媽媽……哎，好奇怪的夢。」

「夢到了媽媽？」志豪緊張起來，該不會也夢到媽媽死時的樣子吧？

志婷點點頭，「夢裡，媽媽一直說不可以出賣，否則會後悔。」

「出賣什麼？」

「不知道。其實只是場短短的夢……夢中的媽媽根本看不清臉，她說叫我一定要拒絕，可是我還來不及追問要拒絕什麼，媽媽就大喊已經來了，不知道是什麼東西還是人來了，後來媽媽就不見了。」

一開始並不覺得有什麼恐怖，可是當志婷一邊描述一邊回想時，不禁感到一陣毛骨悚然。

志豪露出擔心的神情，「姊，明天要不要請假在家休息？」

「不用了。再怎麼樣逃避，也有非回學校不可的一天。」

「妳們班上到底出了什麼問題呢？竟然會讓妳這麼厭惡上學……」志豪問道。

志婷一時不知從何說起，她放棄似地搖搖頭，不想拿學校的事來煩志豪。「反正學校裡就是一團混亂，也沒什麼好說的。」

「姊，妳在班上有好朋友吧？」

這個問句讓志婷猛然想起今天在教室替自己解圍的李思寧，李思寧那張清秀但冷漠的臉讓志婷印象深刻。想到這裡，志婷不禁嘲笑起自己——眞悲哀，竟然可憐到會想把只爲自己說過一句話的陌生同學當作好朋友，陳志婷呀陳志婷，妳眞的是太失敗了。

志豪望著姊姊怔忡的臉色，意識到自己似乎說錯話了，於是連忙扯開話題，「對了，我買了兩盒便當回來，一起來吃吧。」

「那爸呢？」

「他臨時去高雄出差，後天才回來。爸早上有給我兩千塊，以備不時之需。」

志豪只是輕描淡寫地談著家常瑣事，但字字句句都像刀般割在志婷的心上——爸爸根本不認爲自己屬於這個家——到底是從什麼時候開始的志婷已經記不清楚了，她只依稀記得，剛上小學時，爸爸還非常疼愛她……後來，爸媽開始時常吵架，在媽媽死前的一陣子，爸爸突然變了個人，衝進志婷的房間，對志婷破口大罵，還要把她趕出家門。

志婷不知道這一切到底是怎麼一回事——如果只是在家裡受苦，她還可以把心力放在學校，可是在學校裡的生活也依舊悲慘，志婷還能怎麼辦呢？

□

當天夜裡，志婷早早便上床睡覺了。雖然說在醫院裡的那場夢境非常眞實，但志婷沒有力氣將夢中的約定放在心上。

就算是眞的也無妨——

反正自己早就不想活了。

「志婷、志婷。乖孩子。」不知道睡了多久，志婷感到有人伸手輕拍她的背，並且輕輕喚著她的名字。

「……嗯？」

衣。

「志婷，時間到了唷。」坐在志婷床邊的是位女子，銀白色長髮披肩，一身白

「是誰？」志婷總算清醒了一點，她突然挺直身體坐起，睜開了雙眼。

「志婷、志婷。」

「妳！妳怎麼進我房間的？！妳要幹嘛？」

「妳忘了跟我的約定嗎？」

「——妳是狐仙？」

銀白色長髮的女子點點頭，微笑著，「來吧，不會痛的。」

「可是我……」此刻志婷反而猶豫起來，她心裡猛然想起夢裡媽媽的話……媽媽是在說這件事嗎？

彷彿能看穿人心似的，狐仙說道：「……不滿意現在的生活，對吧？每天反覆著同樣的生活，難道不生厭嗎？即使能夠活下去，也不見得會有幸福在等妳……很累了吧？就算世界上沒有妳，也不過就是牆裡少了一塊石頭似的，無人會察覺；既然如此，那就乾脆地結束生命不是更好嗎？跟散漫又痛苦的活著比起來，自殺簡直就是神聖的積極的行爲。」

那些話如同咒語般，緊緊抓住了志婷的心。是啊……就算去掉了那些討厭的事，自己的人生也不會變得更好……

「是吧？妳也這麼想，對吧？」狐仙盯著志婷的臉，「那麼，就要開始囉。」

「開始？」

「放心，不會痛的。」狐仙從棉被中拉出志婷的手，用指尖在志婷的手心畫了個不知名的符號，「這就是約定。」

志婷抽回自己的手，看著毫無變化的掌心，反而有點發毛。「約定？」

「妳必須把妳的靈魂賣給我七天……這七天內妳只要乖乖聽話就夠了。」

「然後呢？」

「七天時間一到，妳就可以去妳想去的地方。」狐仙滿臉誠懇和慈愛，「我也希望妳不再痛苦。」說著，狐仙雙掌之間浮起一片白色的光團，如同放映器似的出現了畫面。

志婷本能地注視著那些既破碎又不連續的畫面，「這、這是我……」

「是呀……看，妳多可憐哪。」

畫面裡的志婷坐在學校裡，正從抽屜中拿出課本，但沒想到課本竟然被利剪剪得破破爛爛的。接下來如同紀錄片般，不停出現志婷受到欺凌或者被父親責罵的畫面。

「夠了，我不想再看下去！」

「志婷，可憐的孩子，跟我走吧。」狐仙露出令人迷惑的笑容，伸手輕搭在志婷的肩上。「我跟妳保證，一點都不痛。」

□

「哇呀——」

一聲淒厲且飽含恐懼的叫聲爲陳家的早晨拉開了血腥的序幕。正在浴室刷牙的志豪顧不得嘴角的牙膏泡，猛然推開門衝向走廊，只見父親陳長威跌坐在地。志豪順著父親的眼光望去，便見到志婷的房門半開著，房內像是被一顆裝滿紅水的炸彈波及似的，整間房都被染紅了。

志豪先是呆了呆，之後隨即推開了房門。「姊？」

房間的一角，無頭的志婷背靠著牆，雙手交握。

□

今天的學校非常混亂。

不管認不認識陳志婷的師生，都紛紛討論著。

「喂，你聽說了嗎？我們學校的校花自殺死掉了耶。」

「什麼？校花？」

「對呀！」

「是二年級的陳志婷對吧？她自殺了？」

「沒錯！這是眞的！」

「天哪……她幹嘛自殺？有留遺書嗎？」

「好像有耶。」

「自殺……嘖嘖……眞是沒想到……」

思寧經過走廊時，耳邊響起的幾乎全都是討論陳志婷自殺的消息。本來呢，思寧和志婷並沒有什麼特別的交情，可是現在思寧被迫牽扯到陳志婷自殺的事件中了——思寧來到合作社的影印機前，把手裡緊握的信紙放置在平台上，緩緩地插入影印卡。不知道的人可能以爲她在影印講義或者任何作業什麼的，事實上，放在平台被影印的原稿正是在今晨被發現自殺的陳志婷的遺書。

——其實，思寧眞的不知道是怎麼一回事——

早上一來到學校，思寧一如往常地在自己的位置坐下，準備把書包和課本整理好，但是在整理抽屜的當時，發現一封奇怪的信。思寧以爲又是黃嘉慧那票人搞的鬼，她毫不猶豫地拆封了，沒想到竟然是陳志婷的遺書——

看到這封信的時候，我應該已經自殺成功了。

黃嘉慧、顧詩函、林康雯，我想妳們應該很樂意見到這樣的結局才對。很抱歉直到現在才達成妳們的願望，是妳們給了我不得不死的理由，謝謝，我會在地獄等著妳們。我沒什麼想說的話，唯一覺得遺憾的是沒辦法和對我最好的弟弟告別。

請原諒姊姊，姊姊眞的好累。

志婷親筆

一開始，思寧以爲這是低級的玩笑。直到開始上第一堂課，陳志婷的座位空空如也，接著一臉沉重的導師來向大家宣佈了陳志婷已經自殺身亡的消息後，思寧這才意識到她收到的是一封千眞萬確的遺書，霎時間她感到迷惘——爲什麼、爲什麼陳志婷要把遺書交給我呢？

思寧百思不得其解。

但是聰明如她，也不至於就這樣把遺書傻傻交出去。

也許，陳志婷用自己的死，換來一個整治黃嘉慧她們的籌碼也說不定。思寧心想，她決定好好利用這份遺書。既然人死不能復生，那麼就不能白白浪費陳志婷的死——活下來的人應該給那些眞正該死的丫頭一點教訓才對——

思寧考慮之後打算暫時保密，她決定要把這份遺書影印之後如傳單般發給全校的學生，並且把遺書傳眞給報社和雜誌社，讓老是自恃父親是政界名人而且又認識總統的黃嘉慧受到一點教訓。

「以為爸爸是政商名流就可以逼死同學嗎？」思寧哼了哼。影印機響起嗶嗶聲，思寧連忙把成堆的紙抱起來，拔出影印卡，慢慢地走回教室。

□

「請問……你們班上有一位陳志豪同學嗎？」

「有啊，妳等一下……」被問的女孩子轉頭朝著教室大叫：「陳志豪！外找。」

「謝謝。」思寧微笑著點點頭。

不一會兒，一位高瘦黝黑的男孩子來到思寧的面前。不愧是校花陳志婷的弟弟，長得相當好看，身高大約有一百八十公分，看起來像是運動健將。

「妳是？」

「我叫李思寧，是陳志婷的同班同學，有樣東西想要請你看一下。」

陳志豪臉色相當難看，「到底有什麼事？」

「我今天早上到學校時，發現這封信。」思寧把疑似志婷遺書的信紙交給志豪，她一面說道：「我沒辦法判斷信是不是志婷親筆所寫，我想你應該清楚才對。」

志豪緊繃著臉，一語不發地看完那封遺書。思寧注意到志豪的眼眶已經泛紅，她本想說些什麼安慰的話，但此時此刻，不管說什麼都不可能眞正安慰到志豪。

「……妳說，這是妳今天早上來學校時才發現的？」志豪問道。

「嗯。」

「這……應該是我姊的字沒錯。」志豪緊握住那封遺書，「她——她爲什麼這麼想不開呢？她難道不知道我會有多難過嗎？」

「……除了難過之外，你不覺得該替你姊討回公道嗎？」

志豪瞪大眼，盯著思寧的臉，「妳說……替我姊討回公道？」

「沒錯，討回公道。」

「妳……是我姊的朋友？」

「不，我不是。我們只是同學。不過，我和妳姊的立場有些接近，遺書上所提到的三個女生除了老是欺負妳姊之外，最近也開始找我麻煩。」思寧非常坦白地說道，「……也許，這就是你姊會把遺書放在我抽屜裡的原因。」

志豪再度低頭看著遺書，「那幾個臭丫頭，應該跪在我姊靈前道歉才是——」

「你說得沒錯。」

志豪雙目盯著那整齊的字句，他無法理解爲什麼會有人以欺負同學爲樂，難道看著別人痛苦是件愉快的事嗎？

第四章

「陳先生，令嫒的情況……應該是謀殺才對，可是據你所說，你家並沒有被入侵的痕跡，我們的同仁也實地調查過，確實沒有歹徒入侵的跡象。」中年刑警說道。

陳長威皺著眉，雖然對志婷不是自己親生女兒的事耿耿於懷，但是親眼看到如此慘象，還是多少覺得不太舒服。

陳長威喝了口咖啡，說道：「那麼，是自殺囉？」

「我們不這麼認爲。」刑警說道，「再怎麼厲害的自殺方式，都不可能把自己的腦袋給弄不見吧？光憑這點就無法假設她自殺。」

「到、到現在……還沒找到志婷……志婷的頭？」陳長威覺得頭皮發麻。

「還沒有。如果你和令郎的口供可靠的話，房間裡連窗戶都沒有開，令嫒的頭會到哪裡去呢？」刑警意味深長地看著陳長威，「……也許還在家裡。」

「你說什麼？你的意思是我殺了我女兒？」陳長威險些沒有跳起來。

「請稍安勿躁……這也只是假設而已。」

「劉督察，打擾一下。」一名年輕的警察走來，手上拿著一份影印的文書，

「這是剛剛在青山高中附近撿到的，聽說有名女學生在散佈這份文件。」

「讓我看看。」劉督察接過文書，看了一眼後便交給志婷的父親，「陳先生，請你看看這是不是你女兒的字跡。」

陳長威並沒有接過文件，他搖搖頭，「我不知道她的字寫得怎樣。」

劉督察不置可否，轉頭對那年輕警員說道：「去把那個散發文件的女學生帶來。」

「是。」

「陳先生，無論如何，你還是看看再說吧。」劉督察說道。

「這是什麼？」

「似乎是令嬡的遺書。」

「遺書？」陳長威沉默了。

他不知道該不該看。照理說人都有好奇心，雖然他打從心裡討厭、憎恨志婷，但也會想知道事情的始末，但如今陳長威對遺書一點興趣都沒有，而且他甚至有點恐懼——他有點害怕，如果志婷在遺書裡控訴他是位殘忍的父親——陳長威可以想像其他人會多瞧不起他，而且，警方或許會認爲志婷就是他殺的……不論直接，或是間接……

當初，是因爲健康檢查時的血液篩檢，陳長威才輾轉知道志婷和自己似乎沒有血緣關係，之後爲了證明心中的疑惑，陳長威瞞著妻子帶志婷去驗了DNA，結果證明了志婷是「非婚生子女」，是太太和別的男人生下的小孩。每當陳長威回想起打開檢驗親子關係報告的那一瞬間，就感到千萬把刀在身上割著、絞著。

即使後來妻子因爲爭吵而衝出了家門並被車撞死，陳長威的憤恨依舊沒有消除，他無法忍受在之前那麼長的歲月裡，自己竟然把無數的愛心灌注到姦夫淫婦偷生下的女兒——沒錯，應該要恨她，要讓她知道，自己一出生就背負著不可饒恕的罪惡，她是婊子生的小賤貨！

自從知道了志婷不是自己的女兒後，陳長威使用各種言語傷害志婷，志婷的存在是個極度殘忍的圖騰，不停地提醒著陳長威受到背叛的過去。陳長威時常暗地在想，如果志婷因爲受不了責罵而逃家就好了，這樣就可以眼不見爲淨。現在志婷選擇了自殺，也算是給陳長威一個遲來的驚喜吧。

□

星巴克裡，臉色沉痛的志豪和思寧正在談著志婷的遺書。志豪雖然認爲把姊姊的遺書公佈是件不太好的事，但思寧的話也沒錯，既然如今志婷已經感受不到痛苦了，大可不必考慮那麼多。

「……其實，現在只要你們家人可以忍受公佈遺書之後的壓力，這樣就沒什麼好猶豫的。」思寧說道，「當然，你們家也可以選擇當作沒這回事，就讓志婷的死成為報上社會新聞裡的小方塊，然後黃嘉慧她們就繼續在班上找下一個犧牲者。」

志豪低著頭，「公佈遺書給媒體的話……難道黃嘉慧她們就會獲得懲罰了嗎？」

「媒體的妙用就在於逼迫。一旦被媒體得知這件事了，黃嘉慧的父親一定會被媒體狠狠修理，到時候黃嘉慧勢必會得到教訓。對了，你可能還不知道，黃嘉慧的父親是總統身邊的大紅人呢，還是總統家土狗阿旺的乾爹。」

「……難怪黃嘉慧這麼囂張，原來黃嘉慧的爸爸是政治人物。」

「是呀，對付政治人物唯一能用的就是媒體了……如果黃嘉慧的爸爸只是個小老百姓，那麼去潑油漆還比公佈遺書來得有用。」

志豪此刻愈來愈同意思寧的想法了，雖然覺得這麼做好像在自己的傷口上拚命撒鹽，可是姊姊不能白白死去，這些讓姊姊痛不欲生的傢伙非得好好教訓一番。而且，也算是幫助為了其他人免於被黃嘉慧她們欺負吧……

志豪看了眼思寧，心想，如果自己不對思寧伸出援手的話，也許思寧會變成第二個姊姊，被那幾個臭丫頭當作活生生的祭品吧。此刻志豪的心裡湧起一股護花使者般的勇氣，他想要保護思寧。這麼做與其說是因為對思寧有好感，還不如說是為了補償自己沒辦法保護姊姊的缺憾。

□

夜裡，志豪一個人默默把志婷房裡最後一個角落整理乾淨。牆上的血痕已經變成暗紅色，去不掉了；志豪唯一能做的，就是把地板上的血漬使勁擦去。他身旁的水桶裡原本是清水，現在已經成了一桶散發著酸腐血腥味的污水了，手上的抹布從灰色變成鐵鏽般的紅色，腥臭難當。人的身體眞是奇妙，竟然能湧出那麼大量的血液……

窗外刮起一陣夜風，志豪感到一股陰沉的寒意。

時針指著十二點三十九分。

大約十二點五十分時，志豪清理完了那桶污水和抹布，又回到了志婷的房間。這次志豪帶來了幾個大紙箱，奉父親的命令，要清理志婷的遺物。瘦高的書架上有好幾本相簿，志豪決定先從相簿開始動手。

第一本是志婷出生後到三歲左右拍的照片，第二本是志婷讀幼稚園時的照片，裡面有許多全家人的合照。照片裡，那時的父親還很疼愛志婷，把她當作公主般對待——

「啪」地一聲，封頁的膠條突然彈了開來，志豪翻回封頁處，想要把膠條壓回原處，但是膠條像是失去彈性和黏力似的，一直鬆脫。

「……這是……」志豪注意到這本相簿整面的封頁有異狀，先是厚度比其他本相簿厚了許多，再來是封頁的膠條異常鬆弛。志豪猶豫了一下，決定乾脆把整張封頁拆下來。

封頁後方，放著一張在幼稚園運動會時拍的，被護貝住的全家福，還有一張被撕得七零八落的紙條。

志豪，如果有天你很想再見姊姊一面的話，就到小時候去過的狐仙廟，在紅色絲帶上寫下希望姊姊回來這樣的句子，然後放在狐仙廟的神桌上就可以了。

「姊！」志豪緊緊握住那快要四分五裂的小紙條，「沒想到……姊姊她，早就……唉……這算是心有靈犀嗎？既然知道我很想再見妳一面，又何必要選擇離開人世呢？」

一連串的問句讓志豪心情更加悲傷紊亂，他把小紙片謹慎仔細地摺好，放進皮夾裡，之後把相簿的封頁裝回去，繼續藉著整理遺物來懷念姊姊。

「……也許，應該去狐仙廟一趟……」志豪把第一個紙箱封好，接著從書櫃上搬下更多書，只不過這些書裡，已經沒有志婷留下的隻字片語了。

□

這座狐仙廟是在日據時代蓋的。

狐仙廟就在美術公園後方，矮矮的紅色屋瓦和一反常態的綠色柱子顯得有些陰森。正殿也不大，門上掛著「有求必應」的匾額，裡面只有一口小香爐和一塊寫著「大仙」的神主牌。和一般金碧輝煌、香煙繚繞的廟不同，狐仙廟顯得非常幽暗，朱漆的神桌上擺滿許多用石頭壓住的紅絲帶，上面密密麻麻寫著人名。

志豪在正殿的角落找到一個盒子，盒旁放著一支簽字筆，盒內則是好幾束未拆開使用的紅絲帶。志豪盯著紅色的絲帶好一會兒，彷彿被迷惑似的，志豪抽出了一條紅絲帶……

我陳志豪願意付出三年壽命，當作讓姊姊陳志婷回來的代價。

志豪猶豫了一會兒，決定簡單扼要地寫下來。雖然自己都覺得有點可悲又可笑，但還是當作遊戲似的把紅絲帶放在神桌上，用石頭壓住了。

□

嘉慧一回到家裡，就感到一股不太對勁的氣氛。平常難得在家的父親，正襟危坐地在客廳裡等她回來。

「爸，你今天這麼早回來呀。」嘉慧來到父親面前坐下。

嘉慧的父親，也就是總統眼前的超級紅人黃哲成平常總是笑容滿面，但是今天卻鐵著臉開口，「嘉慧，妳太胡鬧了。」

「我？胡鬧什麼？」嘉慧吃了一驚，她從來沒被父親這麼罵過。

黃哲成冷冷地把茶几上的報紙往嘉慧面前一推，說道：「我還以爲是哪個政黨來找麻煩，揑造出這種無中生有的話，沒想到報社的總編輯親自告訴我，這篇新聞稿裡的事字字屬實，妳說，妳在學校裡是不是老是欺負那個叫陳志婷的女孩子？」

「爸！那才不是欺負！我們只是偶爾對她開開玩笑罷了！」嘉慧拿起報紙，唸出大標題：「總統嫡系心腹教女無方！黃哲成之女霸凌同學致死！爸！這根本就是胡說八道嘛——」

「胡說八道？人家已經自殺死了，還留了遺書指名道姓說是因爲妳！嘉慧，爸爸眞是不敢相信，在這緊要關頭妳怎麼搞出這種麻煩事來呢？」黃哲成並不是因爲嘉慧欺負同學而發怒，而是因爲這件事會妨礙自己的前途而怒不可遏。黃哲成怒道：「妳不知道等選舉完就要換行政院長了嗎？如果因爲這件事讓爸爸當不上行政院長，那可怎麼辦？」

嘉慧一愣，隨即說道：「我怎麼知道會這樣……到底是誰把陳志婷的遺書給記者的？實在太可惡了！」

這時嘉慧的母親也從房裡走出來，說道：「報紙一刊出來，妳爸這些年來苦心經營的形象受到了很大的傷害，中午時，總統府也來電關心這件事。嘉慧，妳眞是太不小心了。」

「對不起嘛……」嘉慧立刻靠在媽媽身邊，撒嬌說道，「反正都已經發生了，我也不知道該怎麼辦才好。」

黃哲成沉著臉說道：「我已經派人準備召開記者會，到時會搞一些關於陳志婷的健康資料出來，我會聲明說陳志婷本來就有精神方面的問題，所以她的遺書不可以相信。在舉行記者會以前，妳先不要去學校上課，知道嗎？」

「爸，你的意思是……僞造陳志婷的看診資料嗎？」嘉慧問道。

嘉慧的媽媽答道：「這是我跟妳爸商量出來最好的方法！反正衛生署署長和台大醫院的院長都是妳爸的死黨，要準備這些資料很容易。妳呀，記得最近小心言行，別被記者抓到小辮子了。」

嘉慧舒了一口氣，「那太好了，陳志婷那個臭丫頭，活著的時候不是我的對手，就連死後也沒什麼作用。」

「還說呢……下次遇到這種同學時要馬上告訴媽媽，媽媽會去學校替妳主持公道。好了，去換件衣服準備吃飯了。」嘉慧的母親溫顏說道。

目送著嘉慧回房之後，嘉慧的母親命傭人把茶几上的報紙收去，一面悠閒的喝咖啡，一面和黃哲成討論起這次的事件。

「……你確定這樣就可以擺平那些媒體嗎？」嘉慧的母親問道。

「那當然，既然我們拿得出陳志婷的精神診斷書，就沒什麼好擔心的，到時候，陳家就會被視爲想要藉此勒索我們的下流人家。」

「不過……不會被那些記者質疑我們侵犯陳志婷的隱私嗎？」

「想太多了。我已經叫郭秘書在開記者會前準備好紅包了，而且也會聲明說那些資料是醫院裡有人『看不過去』我們家受到不實指控，才匿名寄給我們的。」黃哲成臉上閃過陰冷的表情，「用不著擔心。反正兵來將擋，水來土掩。」

「是嗎？」嘉慧的母親露出放心的微笑，「那就好……老公，你眞是有辦法。」

「這還用說嗎？哈哈哈。」

□

咖啡的熱氣氤氳，思寧低著頭捧起杯子，說道：「我說的都是眞話。」

在思寧對面的是一位以超八卦聞名的水果日報記者，名叫趙文溪。趙文溪被指派來深入追蹤這則高中女學生自殺的報導。

趙文溪觀察著思寧的表情，問道：「這麼說，妳親眼看過黃哲成先生的獨生女黃嘉慧夥同其他女生一起欺負自殺身亡的陳志婷同學囉？」

「沒錯，是我親眼所見。」思寧說道，「而且在陳志婷自殺那天，在學校裡她們又想要欺負陳志婷，是因爲我插手了，所以才沒有繼續下去。」

趙文溪不置可否，「可是，聽說黃哲成先生要召開記者會澄清這件事喔，據消息來源指出，陳志婷根本就有精神病，她的遺書沒有任何可信度。」

「喔？有證據嗎？」

趙文溪聳聳肩，「聽說會有醫生參與記者會喔。」

思寧沉住氣，說道：「很簡單，他們如果提出什麼就醫紀錄的話，一定是假的。」

「怎麼說？」

「你可以去查陳志婷在學校的出缺席紀錄啊，跟醫院的看診紀錄日期對照就行了。」

「我明白妳的意思了。也就是說，如果陳志婷當天在學校全勤，那麼就不可能在醫院出現，對嗎？」趙文溪沒想到眼前這個高二女生腦筋還挺靈光的。

「是啊。何況醫院方面敢出賣病人的隱私，醫管會難道會放著不管？就算醫管會無能爲力，身爲記者的你們，也不應該任由他們胡鬧才對。」

「妳還眞有膽量……竟然說大人們在『胡鬧』……呵呵。」

「你不會希望我們未來的行政院長是個『縱女行兇』的傢伙吧？就算爲了廣大的台灣人民，也應該據實報導才對。」思寧乾脆用大帽子套住趙文溪。

「李同學，妳眞會說話。」

「我這個人最大的優點就是誠實。」這倒是眞的，思寧並沒有說過什麼謊言。

咖啡的白煙已漸漸消失，原本對這件案子沒什麼興趣的趙文溪，現在愈來愈覺得有趣了。一方面是因爲對眼前的李思寧產生興趣，另一方面也如思寧所說，如果讓黃哲成這種傢伙當上了行政院長，台灣的前途可就非常值得憂慮了。

第五章

七天，只要七天就好了。
只要把妳的靈魂借給我七天，
我保證妳的痛苦從此消逝，
讓妳的仇敵嚐嚐何謂殘忍，何謂痛苦。

康雯的家離學校不很遠，坐公車的話大約一站左右的距離，是一棟老舊的四層樓公寓。整棟公寓裡住的全都是康雯的家人親戚，一樓是康雯的爺爺奶奶和伯父伯母住的地方，至於二樓住的則是姑姑一家人，而康雯和父母一起住在三樓和四樓。康雯自己的房間獨立在四樓角落最大的套房，附有一個小小的陽台，她對於自己的房間一向很自豪，如果沒出門的話，康雯大部分的時間幾乎都待在自己的房內。

雖然康雯的父母早就習慣女兒只有在吃晚飯時才會出現，不過任何稍微關心自己孩子的父母都能夠敏銳的感受到自己的孩子是不是有什麼不對勁的地方。好比說最近，康雯的母親就隱約覺得康雯似乎沒什麼精神。

康雯家有很寬敞的廚房，牆上貼滿灰白色的細馬賽克磁磚，是前兩年整修房子時換的，康雯媽媽嫌這顏色有點慘白，不過最後還是同意了康雯和康雯父親的想法。廚房正中央有張附水槽的料理桌，這是康雯媽媽每天做菜的位置，也是整座廚房中她最喜歡的設計。

今天一如往常，康雯媽媽穿著圍裙在料理桌上準備晚飯，看上去和平常沒什麼兩樣；實際上康雯媽媽臉色凝重地切著洋蔥，又快又重的刀法好像把洋蔥當作了什麼仇人似的，拚命想剁碎它。

……自從康雯班上的同學陳志婷自殺死後，導師和主任拿著陳志婷的遺書來過家裡好幾次，不停的質問這質問那的。眞是夠了——到底那個叫陳志婷的女孩子憑什麼指責康雯，竟然指名道姓說康雯聯合其他同學欺負她！眞是太可惡了。康雯這孩子一定是因爲這些事所以才提不起勁……

康雯的媽媽一面切著晚餐的菜，一面在心裡抱怨著。

「絕對是因爲那個姓陳的女孩子惡意的遺書所以才害得我們家康雯心情不好！」

停下了切洋蔥的手，忽然覺得眼睛好刺，大概是因爲洋蔥的關係吧。當她轉身想抽幾張紙巾擦眼時不禁被一束黑影嚇了一跳。

「啊！」康雯媽媽尖叫了一聲。

康雯死白的臉蛋忽然出現，沉默不語，冷峻的目光直直地打量著母親，彷彿正在思考著該如何吃掉眼前的獵物。

「哎唷！康雯，妳想嚇死媽媽呀？幹嘛不出聲？」康雯媽媽揉了揉胸口，換上憂心的語氣，「康雯啊，妳臉色好難看，是不是哪裡不舒服？今天晚上媽媽煮了妳最愛吃的咖哩雞，怎麼樣，比較有胃口了吧？」

康雯媽媽不停絮叨著晚上準備了些什麼好菜，像是想一口氣塡滿康雯所帶來的沉默似的，拚命地說著。然而，靜靜地站在原地不動的康雯彷彿在欣賞獨角戲一般，雙眼跟隨著媽媽的動作，但臉上卻依舊散發著沉沉死氣。

「……康雯，妳到底有沒有聽到媽媽說話？康雯？妳——妳這是怎麼啦？那是什麼眼神？」

康雯媽媽很明顯感受到康雯目光裡飽含著陰森和空洞結合的複雜情緒，天哪……眼前的人眞的是康雯嗎？明明就是生她養她的媽媽，但是此刻竟然對康雯感到一股前所未有的陌生以及恐懼！眼前的女孩身上感受不到任何一絲人類應有的溫暖氣息，那張慘白的臉和沒有呼吸起伏的胸口讓康雯簡直像極了一具站立著的屍體！

「可憐的孩子……」

媽媽畢竟是愛著孩子的，康雯媽媽也不例外，她直覺認爲是因爲陳志婷的事造成了康雯受到了打擊，康雯今天才會變成這種可怕的樣子。

康雯媽媽下意識地脫口而出，「康雯，妳不要再為了那個死掉的同學煩惱了。那個女生自殺是她自己活該，是她自己沒用，跟妳一點關係都沒有。」

一直沒開口的康雯忽然陰惻惻地笑了，「妳真的這麼想嗎？」

認為自己的鼓勵發揮作用的康雯媽媽毫不猶豫地說道：「沒錯！媽媽確實是這麼想的！妳班上那個陳志婷根本就是個沒用的傢伙，自己不想活就算了，還想讓其他活著的人跟著她受苦，眞是太過分了。明明就是自己討厭學校討厭上課，沒辦法克服學習障礙，所以才會自殺的，對不對？」

「……說得眞好……可是……妳根本不知道眞相！」康雯往前踏了一步，把臉湊近母親，「妳知道我為什麼要自殺嗎？被妳女兒和她的好朋友折磨的我，實在太累了，所以我活不下去了，妳明白嗎？」

「康雯！妳、妳在胡說八道什麼？！」康雯媽媽幾乎要哭出來，伸手抓住康雯雙肩，大力搖晃著，「康雯，別嚇媽媽！」

「有媽的孩子眞是幸福。」康雯吐出這句話之後，雙手輕輕搭上了康雯媽媽的肩膀，「……既然這麼愛康雯的話，那就用妳的命來換康雯的命吧。」

霎時間，康雯媽媽意識到眼前女兒的臉孔正在改變！五官和臉型扭曲著，不到幾秒鐘的時間，那張臉——這不是康雯！康雯媽媽嚇得掩住自己的嘴，無法相信她雙眼所見的情景。原本站在自己面前的女兒康雯，竟然在一瞬間變成了另一個……

另一個恐怖的怪物！

——穿著白色壽衣，頭髮蓬亂，全身佈滿豎的、橫的刀傷，傷口像是已經流乾血似的萎縮發硬，深陷的眼窩發黑，皮膚像是快脫落般鬆鬆地披在骨架上——不像是活生生的人，反而像極了風乾後的屍體。

「哇！啊呀呀——妳是什麼人？別過來！」康雯媽媽本能地握住菜刀尖聲大喝，全身顫抖著往角落退去。

「我是那個在妳眼中很該死的陳志婷。」終於顯現出眞面目的志婷逼近康雯媽媽，「就是有妳這種母親，才會教育出林康雯這種敗類！」

「……我、我女兒才不是妳說的敗類……」雖然想反駁，但是由於驚嚇過度，康雯媽媽此刻說出來的話反而更像是在求饒。

「哈、哈哈哈……」志婷淒厲的笑聲在廚房裡迴盪。

「妳到底想要幹什麼？不、不對，妳不是已經、已經死了嗎？」說到最後，康雯媽媽瞳孔急促地收縮著，原本用雙手緊握著的菜刀砰一聲跌落地板。

康雯媽媽最後看到的模糊景象是紅色的，她感到一股股濕熱的液體浸濕了她的皮膚，想要用力大叫想要掙扎，但是胸口以下沒辦法用力。一團團垂掛著血管的內臟連著神經和脂肪被掏了出來，深紅色的內臟好像還有生命力似地在扭動，彷彿被剝皮後還沒斷氣的小動物，用盡最後的力氣進行無謂的掙扎。沒辦法……動都動不了呀……現在……到底被丟在地上的是胃、肝臟還是盤狀的大腸，都已經看不清楚了。

「這就是，妳沒有好好管教女兒的代價！」

□

「……喂，詩函，妳到底有沒有在聽我說話？」康雯躺在床上，對著手機沒好氣地叫道。

「有啦，當然有在聽。」電話那端的詩函似乎漠不關心地虛應一聲，「做惡夢嘛，有什麼好怕的？康雯，妳想太多了啦。」

「眞的嗎？可是……」平常人高馬大氣勢十足的康雯，其實膽子很小，「自從陳志婷自殺之後，我總覺得……」

「覺得什麼？」

「覺得……嗯……覺得身邊好像……好像正在發生一些我們不知道的變化。」康雯第一次發現用言語很難形容自己此刻的焦慮心情。

「妳是不是精神太緊張了呀？雖然說對陳志婷自殺的事我也覺得很不舒服，不過我想過一陣子就會沒事了。」詩函輕描淡寫地說道，「而且就算要煩，也是嘉慧比較煩心吧，陳志婷的遺書不知道被誰寄給記者，報上刊登了好大一篇罵嘉慧和她爸爸仗勢欺人的文章。」

「眞的嗎？」康雯從床上坐起，「報上怎麼寫？」

「我也不是很清楚，嘉慧沒跟我說詳細內容……妳想知道的話就去找昨天的報紙看看就好啦。」

「嗯，我待會兒去找找看，幸好我家平常有訂報。」康雯多少有些好奇，平常倚仗自己爸爸跟政治人物關係良好的嘉慧，這次會受到怎樣的批評。

「好啦，妳喔，別想太多了。陳志婷那臭丫頭生前鬥不過我們，我看死後就算變鬼也只是個沒用的鬼！」

「哈哈，說的也是喔……」

「那先這樣囉，我要去吃晚飯了，再見。」詩函有些迫不及待地掛上了電話。

「喂、喂？就這樣掛我電話？顧詩函妳眞沒義氣！」康雯悻悻地丟下手機，翻身下床。

康雯走出房間之後下樓到客廳，牆上的時鐘指著七點，今天爸爸好像不回家吃飯，只剩康雯和媽媽在家而已。康雯走到寬敞的客廳，在茶几上尋找著昨天的報紙。

「……奇怪了，昨天的報紙呢？該不會已經清理掉了吧……平常不是一個星期才整理一次報紙嗎？眞是的……要找的時候偏偏找不到……啊，會不會是媽拿到房間去看了？問問看好了。」

康雯放棄了尋找，索性走向亮著燈的廚房。

□

咚、咚咚！

咚咚、咚咚！

咚！

一直有奇怪的聲音從天花板傳來。好像樓上的人在地板上敲釘子似的，天花板一直傳來吵雜的咚咚聲。

晚上七點正是康雯的姑姑明惠、姑丈文景夫婦吃晚飯的時候，坐在餐桌前，文景夫婦明顯感覺到天花板不停地發出噪音。由於是老公寓了，些微的震動很快就造成了油漆粉刷的剝落。

咚、咚！

又是兩聲極重的噪音，這下一大塊水泥從天花板不偏不倚地掉進了飯桌上的排骨湯中。

本來一直沉默不語的文景終於忍不住了。

「……妳哥哥家是在拆房子嗎？！」文景扔下筷子，怒氣沖沖，「這飯還能吃嗎？上面全是灰塵！妳看看那一大碗湯，這下可加料了。」

明惠放下餐具，起身道：「大概是在修東西吧，我打電話給嫂嫂，提醒他們一下。」

「所以嘛，我一開始就說不要搬回來住，房子又舊又破，去買間新的不是很好嗎？」

「你說夠了沒？買新房子？」明惠一面撥電話，回頭白了文景一眼，「哼，連自備款都沒有，買什麼買？就憑你的存款，我看只夠買狗屋吧。」

「把這層公寓賣掉不就有錢了？」

「……說來說去你就是在打這房子的主意……」電話雖然通了，但是卻沒有人接，明惠不禁覺得奇怪。

這時，天花板上又傳來咚咚咚的聲音。

「……沒人接。」大約響了二、三十秒後，明惠掛上了電話。

文景皺眉，「妳聽，那麼大的咚咚聲……妳哥家一定有人在。」

「我知道，我上樓看看好了，可能他們不方便接電話。」明惠隨手拿起披在椅背上的外套，對文景說道，「你幫忙把飯碗收到廚房去好了，我們待會兒出去吃。」

「妳快上去看看吧。」文景說完，看了一眼加了水泥碎片的排骨湯，心中一陣煩悶。

明惠關上大門後，文景又坐了一陣子，才懶洋洋地開始收拾碗盤。桌上沒幾道菜，不一會兒就整理得差不多了。正當文景準備好垃圾袋，要來處理飯桌上那碗湯時，他忽然吃了一驚。

「這、這是什麼？」

一滴紅色的不明液體在湯碗散開，形成漩渦。

數秒後，接著，又一滴。

文景抬頭看著有著深灰色裂紋的天花板，赫然發現有類似污水的痕跡正在往下滲流。該不會是排水管破了吧？文景心想。雖然是同一棟公寓，但是文景、明惠所住的二樓格局和三樓四樓康雯一家的格局佈置並不相同，前兩年三、四樓的康雯家曾經重新裝修過。二樓的飯廳正上方如今是康雯家經過拓寬的廚房。文景猜想康雯家大概是在修理廚房的水管，所以不但發出了噪音，而且還使髒水流滲到二樓來。

「搞什麼嘛，眞是的……」文景觀察天花板上的裂痕後，決定暫時不移動那個湯碗，讓湯碗留在原位，繼續承接滴下的污水。

十分鐘過去，明惠還沒回來。

文景走到客廳打開電視，一邊等妻子。

不過，自從明惠上樓之後，那聲音就停了下來。

十五分鐘了，明惠還沒回家。

咚、咚、咚咚！

那噪音竟然又開始——

脾氣不怎麼好的文景抓起鑰匙，衝出大門。

樓梯間空蕩蕩，沒有任何人，文景三步併作兩步衝上三樓，用力按著電鈴。明惠那傢伙一定是忙著聊天，根本不管他在樓下已經等了十五分鐘！文景滿腔怒火，狂按門鈴之餘，還用手拍門，唯恐屋裡的人沒聽到。

不過……這扇門……竟然是開著的？文景用力拍門時才發現，原來康雯家的大門根本沒關上，只是虛掩而已，怒從心來的文景連鞋也沒脫便推門進屋了。

客廳裡沒有人。

「明惠？二哥、二嫂？康雯？有人在嗎？」雖然明明知道有人在，可是文景還是不由自主地問著，「有人嗎？」

半晌，文景的怒意漸漸消失，他往房子深處前進，在沒開燈的走廊上被什麼東西給絆了一腳。

「這是什麼？怎麼放在通道上，太危險了。」文景摸索著打開了走廊的燈，只看見差點絆倒自己的竟是昏倒的妻子明惠。「明、明惠！明惠妳怎麼了？」

明惠不醒人事，無力動彈。

這時，清晰的敲打聲又出現了。

此刻恐懼從文景四肢湧上心頭，前方亮著燈光的廚房……沒錯，那個奇怪的聲音是從廚房裡傳出來的！文景放下了明惠，一面叫自己鎮定，一面著魔似地以輕飄飄的腳步走向廚房。

廚房門半開著。

文景在伸手推開廚房門之前，砰一聲地跪了下來，「啊、啊！康、康雯——這是——血……這……都是血……」極度的刺激讓文景的聲音忽然間變得乾澀嘶啞，如同用鐵片刮黑板似的刺耳，文景的雙眼在瞬間佈滿了血絲，他無意識地瘋狂喊叫出來：「救命——救、救命！」

廚房的地板上堆放著各種臟物，康雯媽媽張大著眼躺在地板上，從胸口之下都消失了，一桶之多混雜著青色和血液的腸子流得滿地，原本背對門蹲著的康雯在聽見文景的叫聲之後回頭，她正忙著把被捏碎的媽媽的肝臟往嘴裡塞。一條赤裸的女人大腿被棄置在角落，排水孔的鐵蓋完全被掀起，原來文景和明惠聽到的咚咚聲，是康雯用菜刀在地板上試著砍斷媽媽大腿骨時所發出的聲音。

第六章

——一次就好！

——好想要見妳一面……

看著手機裡傳來的簡訊，詩函不禁呆呆坐在書桌前，回想起前幾天的情景——那天，恰好是陳志婷舉行告別式的日子……

□

「……哎唷，妳們不用太在意那封遺書的事啦！」帶頭的嘉慧非常鎮定，說道，「到最後學校一樣會不了了之，不會影響到我們的。」

「是嗎？可是我爸媽超生氣的……」詩函的爸媽接到導師的電話後，差點沒動手揍人。

「裝可憐就好啦！」嘉慧狡黠一笑，「可惜陳志婷已經死了，要不然憑我爸的本事，還可以告她公然誹謗呢！哼，自不量力，竟然敢在遺書上寫我們的壞話，還寫什麼『在地獄等著妳們』這種話，眞是有夠無聊！」

「……不過，我覺得有些毛毛的……」康雯說道。

「林康雯，虧妳長得這麼高，怎麼膽子那麼小呢？真是的！」嘉慧用誇張的語氣教訓道：「反正妳們聽好了，不用道歉不用難過，是陳志婷她受不了這個社會的環境，是她自己有問題、適應不良，跟我們一點關係都沒有，懂了嗎？」

詩函和康雯互看一眼，不再多說什麼；然而包括嘉慧在內，她們都非常清楚陳志婷的遺書內容中關於她們的部分，字、字、屬、實。

「那我就從這裡回去了，再見。」到了十字路口，詩函便向嘉慧和康雯揮揮手。

「明天學校見。」

「路上小心。」

詩函的家在斜坡的盡頭。雖然坡度很平緩，但是這段斜坡滿有一段距離的。晴天時走起來還好，可是若下起雨，還是不太好走。詩函抬頭看看天空，雲層很低，空氣中非常潮濕，大概又快要下雨了，詩函在心中小小抱怨了一下，便匆匆加快腳步。

「……特地帶了漫畫要去租書店還的……可是快下雨了，還是先回家吧……」

但是天氣的變化往往只在瞬間，

路。

詩函才往前走不到十公尺，雨絲便悄然灑落。

更糟的是，這雨有愈來愈大的趨勢。

「啊，討厭……」雖然視線範圍內可以看到家了，可是實際上還要再走好一段路。

這時，忽然有人從背後叫住了詩函，「同學！」

「嗯？」詩函一回頭，只看到一名高瘦黝黑的同校男生，看制服學號是高一的學弟，「學弟有事嗎？」

「……這個……請妳收下！」沒有自報姓名的學弟匆匆遞給詩函一個粉紅色信封後便轉身跑走了。

「喂、喂！學弟！」詩函連叫了兩聲，可是對方的身影一下子就消失了。

「……這、這該不會是情書吧？」反覆看了幾次，詩函心裡湧起莫名的喜悅，

「……哎唷！雨愈來愈大了……先回家，回家再看吧！」

雨勢很大，詩函到家時已經成了隻落湯雞，她連忙衝進浴室裡洗了個熱水澡，把長髮用毛巾包住後在書桌前坐了下來，心跳加速地拆開了那封粉紅色的信。

很抱歉，請原諒我的冒昧。

自從上次在走廊和妳擦肩而過後，我對妳就念念不忘。不知道妳現在有沒有男

朋友，如果可以的話希望妳給我一個做朋友的機會。我不擅長寫信，也不會說什麼浪漫的話，只是個平凡不起眼的男生而已；雖然如此，但是我對妳的眞心是百分之百的。

附上我的手機號碼，請用簡訊回覆給我。

陳志豪

這、這封果然是——

情書！

是情書、情書耶！

詩函差點沒尖叫出聲。一向不特別出色的她竟然還能收到情書……天哪，而且對方長相其實還不錯……光想到這些，詩函就樂得跳上床翻滾。她手裡緊握著張薄薄的信紙，雖然沒有什麼文采可言，可是一想到有人暗戀自己，任誰都會不由得虛榮起來吧？

「這個男生是……是叫陳志豪沒錯吧？名字好像有點耳熟……哎，這麼俗的菜市場名到處都是，耳熟是正常的……」詩函倒在床上自言自語，「要傳簡訊給他嗎？嗯……要傳些什麼好呢？嘿嘿……就說、就說……哎唷好討厭～眞是的～原來受人歡迎也這麼麻煩……」

此刻的詩函已開始想像康雯和嘉慧聽到自己收到情書時的表情了，哈哈，光是用想的詩函就不知道有多開心多得意呢。

「不過……到底要回覆陳志豪什麼樣的話才好呢？」高興了好一會兒後，詩函開始很認真地考慮這個問題，「……雖然很想一口答應，可是這樣會給人家太廉價的感覺，要稍微矜持一下才行……」

詩函從床上坐起，打開手機輸入簡訊：

——謝謝你的信，不過我甚至對你還一無所知呢。

這是很高明的回覆，不答應也不拒絕，留下了各種可能性。詩函按下「發送」之後，再度得意地笑出來……

□

後來，從那天開始，陳志豪這傢伙像是從外太空突然轟向地球的巨大隕石般在詩函的心中留下了一個怎樣都填不滿的大洞。雖然陳志豪和詩函並沒有見面，最多只是在中午塞滿人的合作社偶然巧遇。不過，幾乎每天，陳志豪都會傳簡訊給詩函。

詩函本來想在嘉慧、康雯面前好好炫耀一下，可是陳志婷的遺書所引起的問題好像確實造成了一些問題，加上惹人厭的李思寧不停在班上鼓吹大家「要讓黃嘉慧她們受到教訓才行」，最近實在是悶到了極點；在這種氣氛下，若是自己向康雯和嘉慧提起了陳志豪的事，八成會惹來一頓閒話。

「叮、叮叮。」手機又發出了收到簡訊的通知鈴聲。

是陳志豪傳來的邀約。

——晚上可以見面嗎？八點在美術公園。我眞的很想見妳，有話要跟妳說。一次就好！好想要見妳一面……

該去嗎？

詩函感到幾分困擾和猶豫。

如果不去的話，陳志豪應該不至於生氣，

只是……

最近煩人的事太多了，

也許出去散散心是個不錯的選擇吧。

更何況自己還沒有從頭到腳好好打量過陳志豪呢！

□

離學校有段距離的麥當勞裡，二樓靠窗的位置正坐著思寧和志豪。志豪一臉不開心的樣子，而思寧倒是一派輕鬆。

「簡訊傳好了。」思寧把手機丟回給志豪，說道，「八點在美術公園。」

志豪臉色一變，從原本的不開心轉而成為恐懼，「那不就是狐仙廟附近嗎？」

「狐仙廟……喔，對，好像是吧。那裡很僻靜，可以讓你好好教訓顧詩函……幹嘛露出那種表情，是你自己想替你姊出口氣，所以我才這麼計劃的呀。」

「我知道，我沒有說妳不好。只是……」志豪露出苦惱的表情，「我覺得不太對勁……有些事……很怪……眞的很怪。」

思寧追問，「什麼事很怪？」

「我爸。」

「他怎麼了？」

「姊姊死後，爸爸好像一直睡不穩，老是在半夜裡大叫驚醒。每次我衝進他房間，就看到他一身大汗，坐直身體在喘氣。」

「你說過你爸爸以前對志婷很惡劣，也許志婷死後他後悔了，感到很自責吧。」

「我想也是……可是……思寧姊妳沒看我爸當時的表情，眞的、眞的很可怕……好像是看到了什麼讓他極度恐慌的景象。」

「嗯……這樣啊……」思寧咬著吸管，換了個話題，「對了，你剛剛說到狐仙廟……你怎麼知道美術公園附近有狐仙廟？你去過嗎？」

「……去過。」

「可是，大家不都說那是陰廟，少去爲妙嗎？」

「其實是我姊——」志豪考慮了幾秒後說道：「我姊死後，我在她的房裡整理東西，在一本相簿裡發現了一張紙條。」

「紙條？」

「嗯。」志豪顯然隨身帶著，他從口袋裡掏出皮夾後，再從皮夾裡小心翼翼地拿出了一張大約兩指寬，邊緣被撕得很破碎的紙片。

志豪，如果有天你很想再見姊姊一面的話，就到小時候去過的狐仙廟，在紅色絲帶上寫下希望姊姊回來這樣的句子，然後放在狐仙廟的神桌上就可以了。

「這麼說，志婷自殺後你去了狐仙廟？」思寧把紙條還給志豪。

「對呀。雖然知道不可能，可是我還是許願，希望姊姊回來。」

「我記得以前在書上看過，去狐仙廟許願要付出壽命當代價，這是眞的嗎？」思寧半開玩笑地問。

沒想到志豪嚴肅地點了點頭，「沒錯。」

「……志豪，看你的表情，難道你……」

「我在絲帶上也寫了，願意付出三年的壽命當作讓姊姊回來的代價。」

明明知道這根本就是迷信，但思寧此刻卻感到一股寒意，她克制住這股不舒服的感覺，聳聳肩說道：「還……滿可怕的。」

「也許吧，可是對我來說，能再見到可憐的姊姊是很重要的事。」

「嗯。」思寧不置可否，但是強烈不祥的預感不禁油然而生。

□

時間很快到了八點。

詩函比約定時間早了大約十分鐘到，夜晚的公園確實非常幽靜，一路上詩函只看到一位阿伯牽著狗散步，除此之外別無人煙。突然，詩函的手機以驚人的音量響了起來，鈴聲是蔡依林的舞曲，在靜悄悄的公園裡顯得格外嚇人。

「喂！」

「喂，妳到了嗎？我在噴水池旁的長椅等妳。」是陳志豪來電。

「我馬上過去。」

不知道是被手機吵鬧的鈴聲嚇到，還是因爲第一次約會而緊張，詩函感到自己的心不停狂跳。「眞是討厭，早知道應該改成振動才對。」詩函一面把手機鈴聲關掉，一面快步穿過碎石步道，往噴水池走去。

在公園正中央有座法國宮殿才有的噴水池。雖然不算太大，但是非常精緻美觀，在落成初期吸引了不少人來參觀。後來雪白的大理石因爲台灣的酸雨而變黃腐蝕，大家便對這座噴水池愈來愈沒有好感了。

「不好意思，我剛剛差點在公園裡迷路。」詩函沒說錯，她眞的搞不太清楚方向。

「嗯。」一絲厭惡的神情在志豪的臉上綻開。

「……你……你怎麼了？心情不好嗎？」詩函被志豪的表情嚇到了，有些退縮。

「沒事……看見妳……我就想到我姊姊。」

「什麼？」詩函還是在長椅上坐了下來，和志豪保持了三十公分左右的距離。

「我說，看到妳，我就想到我姊姊。」

「你姊？她長得跟我很像嗎？」

「她也唸高二。」

「喔……」詩函忽然覺得不太高興，陳志豪長相雖然不錯，可是該不會有戀姊癖吧？

「我姊她很善良，所以，常常被人欺負。」

「是嗎？幸虧我不是那種類型。」

志豪臉上表情轉爲憤怒，「我知道妳不是被欺負的類型，妳是那種幫忙欺負別人的類型！」

詩函聞言從長椅上跳起，「陳志豪，你在說什麼？」

「妳對我姊到底有什麼不滿？妳爲什麼要跟著黃嘉慧、林康雯一起惡整我姊？」

「你、你——」詩函的心像是被一隻無形的手緊緊抓住，她感到心跳被迫暫停。

「是不是欺負過太多人，所以不知道我說的是誰呢？」冷冷的聲音從志豪口中吐出，「我姊就是被妳們這群賤貨逼到連續自殺兩次的陳志婷。」

「陳、陳志婷？你是……你是陳志婷的弟弟？！所以、所以你所做的一切都是……」詩函幾乎已經發不出聲音，她想大叫，但胸口失去了力量。

志豪此刻默默地從長椅上站起，「妳不用害怕，我不會對妳怎樣，我只是要提醒妳，最好去我姊靈前好好認錯，要不然的話下次就不只是見面聊天這麼簡單了。」

「威、威脅？你這是威脅？！」

志豪冷冷一笑，「隨妳怎麼說都行。總之，如果妳不承認自己犯過的錯誤，要修理妳的辦法可多著呢。記住，我和妳們這幫女生不同，我很樂意看到別人用十倍的痛苦來償還我姊的眼淚。」

詩函終於尖叫出來，「我不怕你！我才不會怕你！」

「不怕最好，哈哈哈哈。」志豪說完後，頭也不回地揚長而去。

在志豪離開的同時，樹叢後一道人影也隨之消逝，只留失去力氣的詩函搖晃著身體，跌坐在冰涼的石板地上。

□

「你剛剛說的話眞是充滿了戲劇效果。」

「是嗎？以前看的黑社會電影終於派上用場了。」

並肩走出公園的志豪和思寧一路上邊走邊聊。雖然說出了很有氣魄的台詞，但是顧詩函眞的會因此而到姊姊靈前道歉嗎？志豪感到既沒有把握，又十分茫然。不過再怎麼說，他也總算邁出了替姊姊討回公道的第一步。

「……接下來，就是要找林康雯『聊聊』了。」思寧說道。

「如果她們能主動向我姊道歉就好了。」

志豪衷心地這麼想，但是他和思寧此時還不知道老是欺負志婷的三人中有一人

第七章

「嗡嗡……」

手機在皮包裡振動著，發出磨擦的聲音。不知道過了多久，跌坐在地上的詩函才意識到自己現在身在何處。她撐著身體站起，彎腰撿起掉在地上的小皮包。

「……喂。」

「顧詩函！妳幹嘛不接電話？！」嘉慧氣急敗壞的刺耳聲音震耳欲聾。

「啊？我……我有事……我在外面……怎麼了嗎？」

「還問我怎麼了嗎？康雯家出事了！」

「康雯？不會吧……我六點多的時候還跟她通過電——」

嘉慧直接打斷詩函的話，「去！去找地方看新聞，現在每個電視台都在播報康雯家的事！用電話講不清楚啦，妳看完之後再打給我。」

「等、等一下……喂……喂，嘉慧？！」

詩函對著手機大叫了好幾聲，但是嘉慧已經掛上了電話。聽嘉慧的語氣，康雯家一定是發生了不得了的大事。得趕快回家去看新聞才行，沒錯！現在不是思考要不要向陳志婷認錯的時候，希望康雯沒事才好——詩函跌跌撞撞地往來時路走去，想要快速離開公園，但是……

「這條路好像不對，右邊，對，走右邊。」

「……怎麼還沒看到出口呢？難道是我走錯了嗎？」

「是在這裡轉彎沒錯吧？嗯？還是再前面一點才對呢？」

不知道是怎麼回事，詩函不停地在原地繞著圈圈打轉，就是找不到回去的路。明明就不是一座佔地廣大的公園，出口依稀就在眼前，可是再怎麼樣就是出不去！詩函不由得急了起來。

「討厭，已經九點二十三分了！」

這麼說，自己至少在這公園裡繞了四十分鐘以上……詩函拚命張望著，但附近一個人都沒有，幽暗的公園裡如今只剩詩函一個人了，陰涼的風陣陣吹來，詩函沒別的辦法，只好不停往前跑。

這座公園並不是座一望無際的廣大森林，如果從東邊走到西邊的話，以散步的速度大約只要十五分鐘，而且這並不是直線距離。但是此時的詩函跑了不知道有多久，眼前出現的是一條樹木高低不齊，燈光暗淡的碎石路。

「已經十點多？！」感到疲累而停下腳步喘氣的詩函，看著手錶的指針哭了出來，「怎麼會……怎麼會走不出去？」

詩函乾脆拿出手機求救，沒想到她的手機不知道早在什麼時候就沒電了。現在，詩函真的是孤伶伶一個人了。

「天哪……怎麼辦？」

「一個人被孤立的感覺怎麼樣啊？」忽然間，一陣有幾分耳熟的聲音出現。

「是誰？！」詩函手裡還握著手機猛然回頭，但卻看不到任何人。在此刻不管是誰都好，只要有人出現，詩函就覺得自己得救了，可是……

「顧詩函，原來妳也會哭呀。」

「是誰在說話？拜託妳出來、快點出來……」詩函的眼淚止不住，痛苦地大哭起來。

忽然間一雙灰白色的手從靠近地面的矮樹叢裡緩緩伸了出來；先是指尖、然後是乾枯的手指、瘦骨嶙峋的手腕上附著一層灰蠟似的皮膚、接著是上臂。詩函沒注意到腳下的動靜，只是呆站在原地抹眼淚。很快地，肩膀也從樹叢中冒了出來——

「哈哈……」

「到底是誰？」

「是我呀。」

詩函勉強自己壓抑住不停擴散的恐懼，轉頭張望，「是誰？！快出來！」

「是我。」對方的聲音雖然輕柔，但卻隱含著一種充滿悲戚的苦澀。

此時詩函稍微動了一下，沒想到小腿卻碰到了軟軟的冰涼涼的物體。詩函沒有在第一時間低下頭，現在的她心跳就快停止了，實在經不起任何驚嚇。她深深吸了口氣之後，才慢慢地彎下腰。

先是一張嘴，後來是鼻子，最後，詩函才看到那對熟悉的眼——

詩函還來不及反應，她的眼球就像是被緊緊往外吸住似的從眼眶中凸出，眼角被撐裂開，露出了紅色的眼角肌肉和血管。和她相視而笑的是一張沒有血色的臉孔，從樹叢低伸出來肩膀以上的部分，但是頭卻扭轉了一百八十度，成爲下巴在上額頭在下的恐怖樣子。那張臉孔上的嘴一張一闔，像是金魚似的呼吸著。

「顧詩函，想起來我是誰了嗎？」

「不、不要！不要！不關我的事！」

「……痛嗎？」

「求求妳住手……我的眼睛……啊、啊！好痛！好痛！」

詩函感到雙眼如同火燒般痛苦，她想閉上眼，但是眼球已經有超過二分之一曝露在外，鮮血也慢慢從失去壓力平衡的眼眶和鼻腔中滲出。詩函感到捂住臉的手掌變濕了，她反射似地移開了手，但是卻看不清楚——

看不清楚是正常的。因爲不停往眼眶外移動的眼珠子，已經和視神經分了家，附近的肌肉組織勉強撐住了眼珠……原本清秀可愛的詩函，現在美麗的臉上垂掛兩顆血淋淋的肉球，雖然已經失去了作用，但是黑色的瞳孔依舊收縮著。

「陳、陳志婷……放過我……」詩函什麼也看不見了，只憑著求生的本能瘋狂揮舞雙手，「求求妳……啊……我的眼睛……哇……」

最後幾束肌肉終於還是支撐不住眼球的重量，微細的咕嘟一聲響起，詩函的左眼球從她的臉上滾下，詩函跪了下來，雙手在地上摸索著，但是沾滿鮮血的濡濕眼球被一隻灰白色的手拿起。

「好有彈性……」志婷的聲音在詩函身後響起，噗滋一下，志婷那灰蠟似乾枯的手指戳入了詩函的眼球中。

詩函已經不覺得痛，但是掉落的眼球被戳破的「噗滋」聲，讓她不自覺地反胃吐了出來。

「我還記得，有次妳和黃嘉慧、林康雯，把妳吐出來的髒東西裝進我的便當，放在蒸飯箱蒸熱了之後，叫我一口一口吃下去。」志婷幽幽說著。

「是我不對……求求妳……放過我……不要再傷害我了……」

志婷的口吻變得淒厲，「那麼我拜託妳們的時候，妳們爲什麼不放過我？我到底和妳們有什麼仇恨？爲什麼要那樣對待我？」

「我、我不知道！」詩函在極度恐懼下根本什麼都說不出口，只剩下一隻垂落的眼球，但她還是發出哭泣的聲音，眼洞裡流出混雜著血的液體，「陳志婷妳滾開！滾開……哇……爲什麼……嗚嗚……」詩函彎曲的手指碰觸到自己臉上的眼球，濕黏的血腥味讓她再度狂嘔。

殘碎的飯菜被胃酸融解成淡黃色的液體，一灘灘嘔吐物在公園的石板地上。失去視力的詩函還在嘔吐著，她並不知道四周的情況，只是依稀感到怪物似的陳志婷好像就站在她的背後。事實上並非如此，志婷並不是站在詩函的背後，現在她坐上了詩函的肩膀，雙手緊抱住詩函的頭，雙腿緊夾住詩函的脖子。

「啊！啊！好重！」

感覺背快要斷掉了，詩函忍不住往前傾，她不停拍打著扼住自己脖子的雙腿，但是一點作用也沒有。志婷死白的臉浮現幸福的微笑，她一面搖晃著頭腦，一面移動著雙手，此刻她的手指正好覆蓋在詩函失去眼球的眼洞上，志婷繼續微笑著，像是探索什麼似的，慢慢地把手指伸入了詩函的眼洞——

「哇呀呀——」

寂靜的公園裡迴響起少女淒厲無比的慘叫，天上的月亮搖搖晃晃，似乎正忙著欣賞地面上活生生的慘劇。

□

思寧一個人坐在書桌前，翻著從舊書攤裡找來的書。很舊很舊的書了，民國六十八年印行的《台北怪談》，那時思寧不但還沒出生，連她的父母恐怕也還沒結婚呢。這本又髒又舊的書裡寫了十處台北有名的鬧鬼景點，其中最後一篇寫的就是美術公園後方極有名的陰廟——狐仙祠。

聽說清朝時那裡住著一戶有錢人家，專以剝狐皮維生，後來不知如何被狐狸作祟導致家破人亡，到了日據時代，地方人士爲了安撫狐狸的怨靈而蓋了小廟，漸漸演變成有求必應的狐仙祠。雖然說有求必應，但是拿什麼供品都沒有用，狐仙只接受人類用陽壽來換取願望，所以令人感到萬分陰森。

思寧一面看著書，一面產生了不祥的念頭，志豪在紅絲帶上許了願，並且同意用三年的壽命換姊姊回魂相見……這……該不會成眞吧？

「唉……我這到底是怎麼啦？竟然相信這些神鬼之說……」

思寧忽然覺得自己還眞可笑，不過她同時也想起了父親曾說過，科學只是人類目前的知識極限，還不足以解生死的奧秘。說不定，父親的法醫生涯內，也遇過許多恐怖的事。一想到這裡，思寧便走出房間，打算去找父親閒聊。

沒想到一走到客廳，思寧就被媽媽叫住：「思寧，妳們班上是不是有個同學叫林康雯啊？」

「對呀。」

「妳來看看，這是不是妳同學。」思寧媽媽指著電視新聞畫面。

「咦？！這是林康雯沒錯——」思寧急忙抓過遙控器，按大音量。

……根據警方表示，這起震驚全國的分屍案的嫌犯可能是林家目前就讀高中的女兒林康雯，以下是記者李玉華在案發現場的報導……

今天晚上八點士林區警方接獲報案通知，在文林北路上某公寓中發生了一起駭人聽聞、震驚全國的分屍案，死者是今年四十二歲的林孫惠美。死者被親戚林明惠、劉文景夫婦發現陳屍在自宅廚房，警方趕到現場時屍體已被大量破壞，分成數個部位，死者的女兒目前正就讀青山高中二年級的林康雯手持利刃，被發現時精神恍惚，目前警方對於案情高度保密……

……相信各位觀眾對青山高中並不陌生，上星期才由雜誌披露青山高中二年級學生陳志婷因被同學霸凌而自殺身亡，今晚發生兇案的林姓女學生據了解就是陳同學在遺書上指名道姓霸凌她的同學之一，到底這兩件事有沒有關連呢？稍後將為您追蹤報導……

思寧怔怔地看著電視，林康雯的臉被打上了馬賽克，但那髮型和身材都很清楚，是林康雯沒錯，她被警方拖進警車裡，滿身是血——

「林康雯殺了她媽媽？不可能吧……」思寧喃喃自語。

思寧媽媽關心地說道：「好了，這事跟妳沒關係，轉台吧。」

這時思寧的爸爸恰好走出書房，看到思寧臉色蒼白，問道：「怎麼啦？」

思寧愣了一下，轉頭看著父親，「爸！我們班上的同學好像出事了……你明天上班時，可不可以幫我查一查？」

「爸爸是法醫不是偵探，哪有辦法——除非是查屍體的事。」思寧的父親笑笑。

「一定有辦法！因爲就是要拜託你查一查，到底我同學的媽媽是怎麼死的。」

思寧的父親吃了一驚，看向妻子，「思寧同學的媽媽死了？」

思寧媽媽點點頭，無奈地說：「新聞剛剛在報導……被分屍了。」

思寧的父親嘆了口氣，拍拍思寧的肩膀，「明天上班時我會去看看。妳同學的媽媽叫什麼名字？」

□

這一夜，嘉慧在床上翻來覆去，怎麼樣都睡不著。一直連絡不到詩函，那傢伙手機根本就不通——到了午夜家裡的電話猛然響起，換詩函的父母來電找人，沒想到康雯才剛出事，現在連詩函都失蹤了。

「可惡，最近是怎麼啦？」

嘉慧抱著枕頭靠在床邊，已經凌晨兩點多，可是還是毫無睡意。現在的她根本不知道要先擔心康雯還是詩函……或者……厄運的指標也許接下來就會指向自己……不，不可能的……

雖然心裡想著不可能，但是嘉慧依舊隱約感到某種無法抗拒的力量正在悄悄逼近她——嘉慧此刻突然想到從新聞上看到的康雯，渾身是血，被懷疑殺害並分屍了自己的母親——這太可怕了——很想相信康雯，可是警方不會騙人的呀……嘉慧抓起扔在床上的手機，試著再打給詩函。

「您撥的號碼未開機……」

現在詩函都出事了。嘉慧下意識咬著唇，想要拼湊出事情的全貌，可是什麼都想不到，什麼都沒辦法想……由於是三人一起行動的小團體，嘉慧總有一種無法置身事外的不祥預感，好像連厄運都會同時來臨。此刻的心情讓嘉慧第一次知道什麼叫恐懼。原來恐懼就是明明知道害怕的事即將降臨，但是自己卻無論如何都沒辦法採取對策——

隨著時間過去，嘉慧房裡的液晶電視裡不停播著新聞。由於沒有新進展，所以總是重複覆著康雯被帶上警車時的畫面，像是一種奇異的催眠般，連續看了幾次之後，就連嘉慧也覺得康雯好像真的就是兇手。

……四點多了，天空微亮。

漫漫長夜就快要過去，表面上黑暗似乎即將結束，但，只是表面上。

□

清晨總是有許多阿伯阿婆喜歡早起運動。運動的首選當然就是公園。平日的早晨公園裡總是熱鬧歡笑，不過今天熱鬧雖然熱鬧，但是氣氛卻相當怪異。

一位阿伯坐在長椅上喘個不停，他拚命撫著胸口，一旁的警員弄了杯水給老阿伯，附近聚集了許多看熱鬧的老阿伯、老阿婆，另外還有幾位警員忙著把周圍用黃線圍起。

「阿伯你們不要看比較好喔，心臟會凍未條啦！」不太會說閩南語的年輕警員想勸退看熱鬧的老人家。

「是發生啥咪代誌啊？有死人是麼？」

「請退後，不好意思，這裡我們要辦案。」警員實在很想勸這些愛看熱鬧的老人家站遠一點。

其中一名老人叫道：「俺十幾歲就上戰場殺日本鬼子，什麼屍體沒見過，讓俺看看——」

這位老人勇往直前地突破了封鎖線，但是當他探頭往黃線內一看後，還是不出警員們的預料，跌坐在地上。

「我的媽呀！這是人幹的嗎？」老阿伯幾乎說不出話了，「這、這是——」

「所以說請退後一點嘛……」警員心想，自己剛剛也被嚇了一大跳呢。

那具屍體確實「有點」令人害怕。

腦髓什麼的從沒有眼珠的空洞裡流了一地，

頭顱連著完整的脊椎骨，

至於身體和四肢則在稍遠處，

像是被玩厭的娃娃般扭曲成奇怪的姿勢，

小腿骨也穿出了肌肉和皮膚——

第八章

「思寧！」一道黑影忽然從轉角冒出，擋住了往上學途中的思寧。

「志豪？」思寧一愣，沒想到志豪竟然跑來了。

志豪緊張地說道：「林康雯家裡出事了！」

「我知道。」思寧淡淡地答道，繼續往前走，「我昨晚有看到新聞。」

「……沒想到，她們竟然會發生這種慘劇……」此刻志豪想報復的心倒是消失得差不多了，他跟著思寧的腳步，一起往學校方向前進。

「……雖然不知道到底發生了什麼事，不過林康雯的媽竟然被分屍了，真的滿恐怖的。我爸曾經說過，會破壞屍體的兇手，通常心理都極度不平衡。」思寧說道。

志豪點點頭，打從心裡同意這個看法，「我也這麼覺得……」

「看來，林康雯可以說是得到了不小的報應，我們好像可以暫時放著她不管了喔……」

「也許吧。對了，不知道顧詩函今天會不會去找黃嘉慧說昨晚的事？」

思寧篤定地說道：「那是一定的。現在林康雯家裡出了事，黃嘉慧和顧詩函一定會更加團結……」

「請問，是陳志豪同學嗎？」兩名高頭大馬的中年男子突然出現在思寧和嘉慧面前，拿出了證件，「我們是警察。」

「我是陳志豪沒錯。」

「那就對了，請你跟我們走一趟。」其中一名皮膚較白的警員說道，「我們正在調查青山高中二年級女學生顧詩函的命案。」

「什麼？！」志豪和思寧異口同聲地叫出來。

「今天早上在美術公園裡發現顧詩函的屍體。其他細節到警局之後再詳談吧。」警員伸手按住了志豪的肩膀，口氣並不和善，「快走吧。」

「等一下，我也去。」思寧說道。

「妳？放心，我們不會欺負妳男朋友的。」警察開玩笑道。

思寧沉著臉，懶得解釋，只說道：「昨晚我在美術公園見過顧詩函。」

兩名警員臉色一變，打量著思寧，「那就跟我們走吧。」

派出所裡人來人往，思寧和志豪被安置在一個小角落。帶他們回來的警員不知道在忙些什麼，過了大約半個多鐘頭後才來到思寧和志豪面前。

「我姓湯，是這裡的組長。」皮膚較白的警員說道，「今天早晨，在美術公園裡發現了顧詩函被毀損得很嚴重的屍體。看情況絕對是謀殺，而且作案的手法相當殘忍。在現場遺留的手機裡，我們找到你，陳志豪。你昨天是不是約顧詩函去美術公園見面？」

「是。」志豪點頭。

思寧補充道：「是這樣沒錯，可是簡訊都是我傳的。」

湯組長看著思寧，「什麼叫『都是』？」

「手機裡很多通簡訊，全都是我用志豪手機傳的。」思寧說道。

「爲什麼妳要替陳志豪傳那些簡訊？」

「我們想騙顧詩函出來。」思寧說道。

湯組長看了眼志豪，又看了眼思寧，「是因爲陳志婷自殺的關係，所以你們計劃要報復顧詩函，對吧？」

「不是報復，只是約她出來談談，要她道歉。」志豪說道，「很多事都是我拜託思寧做的，跟思寧沒關係。」

「不對，計劃都是我訂出來的。」思寧還眞沒想到志豪想把責任全攬在身上。

「好了，我看你們怎麼說都是共犯吧。」湯組長冷冷地笑著，「幫死去的姊姊報仇，還眞有種啊。」

「等一下！你這話是什麼意思？我們只是約顧詩函出來談判，可沒對她怎麼樣喔！」思寧急急地辯白，腦筋飛快轉著，說道，「我們都還未滿十八歲，在監護人來之前你不能——」

湯組長沒想到思寧還知道保護自身的權益，於是便換上客氣的口吻說道：「你們兩個先好好待在這裡吧。小王！你把現場的照片給他們看看！」

「是，組長！」一名身材頗矮小的年輕警員抱著一袋照片走了過來，「這是剛剛洗出來的照片。」

志豪接過紙袋，毫不猶豫地倒出了照片。雖然明明心裡早有準備，會看見屍體什麼的，可是志豪和思寧完全沒有料到，那照片——思寧緊捂住嘴轉過身去，但是反胃的感覺還是讓她忍不住哇啦啦吐了出來，志豪也反射性地把照片往前一推，嚇得站了起身。

在一旁觀察兩人的湯組長見狀，對志豪和思寧的懷疑減輕了不少，畢竟他們的反應相當自然，並不像是偽裝出來的樣子。若真的是演戲，那麼思寧幾乎可以說是演技一流的影后了。

「小王，去叫工友把地板清一清。」湯組長說道，「倒杯茶給那個丫頭。」

「是。」

思寧接過了王警員倒來的熱茶以及志豪遞給她的面紙後，緩緩地呼了口氣，望著王警員，「請問……那個照片……照片裡的人……對不起，我不知道該怎麼說才好……到底是用什麼方式，才讓顧詩函變成那樣？」

「這個嘛……」王警員看了眼照片後也覺得反胃，「目前送到太平間，要等解剖才知道。」

「太可怕了……竟然……」志豪根本不知道自己在說什麼，其實他想說的是……被破壞成那樣的屍體簡直比被解剖還要慘上千百倍。

事實上，警方也覺得無法理解，和思寧抱著同樣的疑問。雖然警方也見過被破壞得零零落落的屍體，但是像顧詩函一樣，頭部以下連著脊椎骨硬生生從身體裡被切除掉的手法，實在難以想像。在現場時，顧詩函那失去雙眼的頭顱滾落在草叢旁，還拖著一條長長的脊椎，簡直就像一尾人頭蟲身的怪物；被腦漿和鮮血染濕的長髮和臉讓人反胃。

思寧和志豪在平靜一會兒之後，再度拿起了照片，同時覺得那照片並沒有眞實感，根本像是用特效作出的恐怖片劇照。

思寧用手帕捂住口鼻，低低說道：「這……眞的是人幹的嗎？」

起初志豪以爲思寧的意思是，兇手是個變態。但當他再仔細看著照片時，也產生了相同的想法。要用什麼利刃才能把一個女孩子的脊椎完完整整地從身體裡抽出來呢？志豪把照片往桌上一丟，不敢再想下去。

「怎麼會這樣呢？」志豪看著思寧，兩人同時陷入沉默。

□

穿過陰沉沉的走道後，盡頭出現一道大鐵門，嘉慧在員警的陪同下，來到這位於地下室的拘留所。這間拘留所非常特別，是專門用來拘留一些重犯和政治犯的機密地點，不過嘉慧的父親是目前大熱門的行政院長人選，又是總統家土狗的乾爹，自然受到特別的待遇，破例允許嘉慧來這裡探視林康雯。

嘉慧緊張地跟在員警身後，等待著員警打開一扇扇鐵門，地下室裡陰鬱潮濕的空氣讓嘉慧感到一股強烈的焦慮和不安。她不知道這一切到底是怎麼回事，本來她只是想見見康雯，想要知道昨晚康雯家到底發生了什麼事，不過……就在到達拘留所前，她接到了一通來自警局的電話：詩函死了。

這到底是怎麼一回事呢？

嘉慧想不透，眞的想不透。

「黃小姐，我就在旁邊，一有什麼不對勁就大聲叫我。」員警好心地說道，「這個瘋丫頭力氣很大，被她抓住可就不妙了，還是保持距離才好。」

「嗯。」嘉慧點了點頭，看著員警把雙層鐵網移開。

當員警把鐵絲網移開之後，嘉慧差點沒有尖叫出來。在粗鐵管組成的牢檻後，林康雯像隻待宰畜牲似的蜷伏在陰濕的牢房一角，倚著馬桶半仰著頭睡著了。嘉慧簡直不敢相信自己的眼睛，人高馬大的康雯在此刻看起來像是被狠狠戳破的氣球，垮了，失去力量了，爛泥似地癱在地上。

「……康雯……康雯，妳快起來！」嘉慧終於還是開口。

「……唔？」康雯扭動了一下身體，以極慢的動作挺直了背，「……誰？」

「康雯！我是嘉慧！」

康雯猛然睜開眼，伸手擦了擦臉後定定望著嘉慧，「是妳……嘉慧，眞的是妳！」

「康雯，妳怎麼會變成這樣？」

「……是陳志婷！陳志婷害我的！」林康雯發狂似地站起來衝向嘉慧，大叫道：「嘉慧！快救我！我受不了，陳志婷每天每天都來找我——我眞的快瘋了！」

嘉慧被康雯目眥欲裂的恐怖神情嚇出冷汗，往後退了一步，「妳在胡說什麼？陳志婷已經死了，怎麼來找妳？」

康雯嘿嘿地冷笑，說道：「就是因爲死了，所以才能夜夜來找我……妳不相信？」

「我不相信！」雖然明顯感到一陣毛骨悚然，但是嘉慧嘴硬地說道：「世上才沒有鬼，就算有，陳志婷也當不了厲鬼。」

「嘉慧，妳來，來呀，過來呀。」康雯的臉緊緊擠壓在鐵欄杆上，她不停地笑著，並且壓低了聲音，「嘉慧，過來嘛，我有秘密告訴妳。」

「什、什麼秘密？」

「靠近一點嘛，對，對，就是這樣……」康雯伸手抓住了嘉慧，但並不很用力，她附在嘉慧的耳邊說道：「我告訴妳唷，陳志婷說，她今天早上要吃掉詩函。」

「啊？！」嘉慧忍不住叫了出聲，「什麼？妳再說一次。」

「我說，今天早上詩函會被吃掉。」好像在說什麼好玩的事，康雯眼神透著一股異樣的興奮，「接下來，就換妳了，嘉慧。」

「妳、妳少來了！林康雯，妳眞的腦筋有問題！」嘉慧感到血液倒流，顫抖著。

「嘉慧！嘉慧！妳不要不理我……」康雯突然哭了出來，「嘉慧，我好難過……嘉慧……」

「——我會請我爸爸幫妳找好的律師，也會幫妳向法官檢察官求情。」

嘉慧不想再看康雯的臉，當她正準備轉身時，沒想到康雯突然用盡力氣拚命往牆上撞去。

「康雯！妳這是——」

林康雯並沒有回答，她事實上也無法回答了，因爲她用左手捏住自己的舌頭，用力地一扯，鮮血噴灑到了嘉慧身上。

「哇呀！」溫熱的液體噴上嘉慧的臉。

砰一聲林康雯往後倒了下來，她雙眼瞪得大大的，從口裡溢出的鮮血大股大股地向外流。康雯耳邊傳來了嘉慧的尖叫和員警的聲音，她只覺得自己忽然輕鬆了不少，意識正逐漸遠去——

□

忙碌的保險公司裡，資深副理陳長威正獨自一人坐在休息區裡抽菸。玻璃桌上放著咖啡杯和菸灰缸，原本臉型就非常瘦削的陳長威在經過最近一連串的事故之後，整個人像是縮水一般小了一圈。女兒自殺的事公司裡的同仁也略有所聞，因此最近其他同事也多少對陳長威抱持著同情的態度。不過，除了陳長威之外沒有任何人知道，陳長威之所以憔悴並不是因爲女兒的死，而是另有隱情。

「陳副理。」

「嗯？」陳長威抬頭看著部下，「有什麼事？」

「有一位士林分局的湯組長打電話來找你。」

「喔，謝謝。」陳長威擰熄了菸，勉強自己打起精神。

那通電話簡直讓陳長威火冒三丈，他完全沒想到志豪竟然被帶到警局去了，更令他火大的是，志豪竟然是因爲那個根本不配姓陳的雜種丫頭而牽涉到奇怪的案子中！

開什麼玩笑，那個死丫頭根本就不是陳家的人，志豪這個笨小子是在想什麼，幹嘛沒事插手呢？這個小鬼愈來愈不把自己放在眼裡了，可惡。帶著極度不爽的心情，陳長威根本不打算到士林分局去，他鐵著臉掛上了電話，決定給志豪一點教訓。

到了傍晚六點多，大家都下班之後，陳長威關上手機，提著沉重的公事包離開了公司，跑到常去的酒店喝酒，直到凌晨才坐上計程車回家。

「……明知妳是楊花水性……爲何偏偏對妳鍾情？啊啊……不想妳……不想妳不想妳……」

嘴裡哼著老掉牙的情歌，陳長威甩掉了手上的公事包、踢掉了鞋子、磅一聲倒在床上。已經連續好幾天在夜半警醒的陳長威，今天特意喝個爛醉，希望自己能夠有一夜好眠。

「……爸，你回來了。」

差點要睡著的陳長威從床上驚醒，他警覺地看著四周，主臥室裡就只有他一個人沒錯，那麼剛剛的聲音……

「是錯覺，一定是錯覺……可是……」陳長威拍拍自己的頭，「搞什麼──每次快睡著的時候就聽到那個死丫頭的聲音──媽的就快要神經衰弱了！幹！」

「爸，我好想你。」沒想到，志婷的聲音再度出現。

陳長威這下子酒意全消，連忙打開床頭檯燈，「誰？是誰在說話？！」

「是我呀，爸。」

「誰在裝神弄鬼？去你媽的給我滾出來！」

陳長威藉著大吼來壯膽，但是寂靜的房間裡並沒有其他聲響，只有陳長威喘息的聲音而已。

忽然間，志婷的聲音又出現了，「爸爸，爲什麼……你爲什麼這麼討厭我呢？」

「誰是妳爸？！」陳長威本能地嘶吼著，「妳不是我女兒！妳是妳那婊子媽媽偷漢子生下來的小雜種！妳不是我女兒！」

「……可是，我們一起生活了這麼多年，爸，我記得小時候……」

「我說過，我不是妳爸！媽的！我在說什麼啊？幹。」陳長威已經不知道自己在幹嘛了。

幽幽一道圓形黑影從牆上浮現，陳長威抓住了枕頭，死命盯著在牆上慢慢形成的人頭形狀，隨著人頭愈來愈清楚，陳長威的心跳愈來愈快、愈來愈快——

「既然你不把我當作女兒，那我也不用當你是父親了。」

半腐的人頭終於從牆上冒出來，陳長威拚命地大叫，卻完全發不出聲音。原本有著美麗臉蛋的陳志婷，現在整張臉的皮膚都已經腐敗得七零八落，臉部肌肉組織也冒出了肥白的蛆。

「別、別過來！」陳長威用力把枕頭往飛舞著的頭顱丟去，「走開！快走開！啊！志豪！志豪，快點來——妳、妳不要過來！對不起，都是我不好！不要過來，求求妳！不要！」

飄在半空中的頭顱好像聽不懂人話似的，滾動著落到了床上，長長的頭髮起伏著，彷彿一尾蛇似地，充滿了生命力。

「不要過來！」

陳長威下意識抓起了檯燈，不顧電線還未拔，便用力地往志婷的天靈蓋敲下去——「嘶！」白森森的頭骨露了出來，鮮血流入了陳長威的眼中，使他視線一片模糊——不可能的！他明明敲中了那顆在床上滾動的頭顱，爲什麼……爲什麼碎裂的竟然是自己的頭骨……

剛開始陳長威還感覺到痛，接著彷彿有人用手把他頭皮的傷口撕得更大、更深，濕黏的血怎麼樣都停不了——鮮血不知如何流入了口鼻之中，他劇烈地咳了起來，眼睛再也看不清楚。

啊——這感覺——有一雙手緊緊捉住他的頭髮，用力往兩旁撕扯著——陳長威感到頭皮的傷口現在已經裂得更長，再這樣下去，頭皮會被剝下來……「嘶、嘶……」事實上，不只頭皮，原本小小的傷痕已經裂到了陳長威的額頭——啊，現在傷口又往下延伸，到了鼻樑上方——

第九章

「你不回家沒關係嗎？」

「沒關係的。我……反正也不想見到我爸。」志豪說道，「倒是妳，這麼晚了，快跟妳爸媽回去吧。」

「這樣好了，如果你真的不想回家的話，就到我家來怎麼樣？」思寧說道，「我爸媽還滿開明的，他們不會介意。」

志豪略一思索，「不會不方便嗎？」

思寧開玩笑道：「我們現在是『共犯者』了，要集中管理才行。」

「眞服了妳，竟然還笑得出來……」志豪現在心裡很亂，看著鎭靜的思寧，確實覺得很敬佩。

就這樣，志豪和思寧、思寧的雙親一起從士林分局回到了思寧家。在思寧家門，沒想到竟遇到了不速之客：一輛勞斯萊斯停在思寧家門前阻住了去路。當思寧的父親停好車時，對方也下了車。

「眞是稀客呀。」出聲寒暄的是思寧，「黃嘉慧同學，深夜到我家造訪，想必有很重要的事喔？」

和往常迥然不同，嘉慧完全收起了驕傲、目中無人的脾氣，瑟縮地說道：「李思寧，妳知道些什麼，對吧？」

「我什麼都不知道。」思寧哼了聲，「我很累了，要上樓休息，請妳讓開。」

「等一下！」嘉慧帶著求救的目光看著思寧，「詩函死了，就在下午……康雯她也……她也自殺了。」

這話讓思寧、志豪和思寧的父母都嚇了一跳，思寧的父親嘆了口氣，「進屋再談吧。」

進屋之後，嘉慧像是驚弓之鳥似的蜷在沙發一角，思寧的媽媽爲大家端來熱茶之後，嘉慧捧著茶杯的手仍不停顫抖著。在燈光下，志豪仔細地端詳著嘉慧，沒想到眼前這個看似柔弱的女孩，竟然是之前逼死姊姊的元兇。

「……妳的衣服上……是血嗎？」思寧喝了口熱茶，看著嘉慧身上被濺及的點點紅色。

「是康雯的血。」嘉慧根本不知道從何說起，「下午……我去拘留所看康雯，她眞的瘋了……一直說什麼陳志婷恐嚇她……陳志婷會來找她……天哪，陳志婷不是已經死了嗎？！」

志豪冷冷地說道：「犯了錯的人，當然會良心不安。俗話說，平日不做虧心事，夜半不怕鬼敲門。」

嘉慧看了志豪一眼，「你是誰？憑什麼在這裡說風涼話？」

「他不但有資格說風涼話，還有資格狠狠揍妳一頓，黃大小姐。」思寧說道，「他是陳志豪，志婷的弟弟。」

嘉慧這下開始後悔了，好不容易拉下臉皮來找李思寧，沒想到竟然會遇到陳志婷的弟弟……天哪，眞是倒楣到了極點。

思寧看看志豪，又看看嘉慧，問道：「所以呢？林康雯現在情形怎麼樣？」

「她……」嘉慧腦海裡跳出了康雯扯下自己舌頭的血腥畫面，不禁打個寒顫，「她……扯斷了自己的舌頭，送到有戒護的醫院去急救了。」

「妳說什麼？」思寧轉頭問沉默不語的父親，「爸，你聽到了嗎？人，眞的有可能扯下自己的舌頭嗎？」

思寧的父親是著名的法醫，眾人都期待他的解答，但是他不置可否，「世界上沒有什麼不可能的事。我今天上午打電話問過幾個同事，妳們的同學顧詩函的屍體在醫學界造成了很大的轟動，因爲大家都無法相信那是人力可以造成的傷害。」

志豪問道：「李伯伯，這是什麼意思？」

思寧的父親繼續說道：「如果說屍體是用刀砍的，會有刀痕、用機器切割的，也會有機器的痕跡、用鎚子敲打當然也會有傷痕，可是顧詩函的屍體像是被人類徒手，聽清楚，徒手撕碎的。她的四肢都有骨折，聽值班的同事說，沒有明顯的外傷。也就是說，是她『自己』折斷的。至於林康雯媽媽的屍體也很殘破，肝臟和脾臟都被挖出來吃掉了，在中外犯罪史上很少見這麼恐怖的手法。」

聽到這裡，嘉慧掩住了嘴，過了好一會兒才發出聲音，「……怎麼會……」

思寧的父親語重心長地說道：「科學的範圍看似廣大，但實際上是很有限的，有時候，不得不信邪。好了，你們幾個慢慢聊吧，我們要先回房休息了。」

思寧的父母親回房之後，偌大的客廳顯得很冷清，思寧從廚房端來了整壺茶，替志豪和嘉慧加滿茶水。此刻的三人似乎已不存在著什麼恩怨，反而像是被迫對付共同敵人的小組織。

「……老實說，我覺得很怪。」思寧首先打破沉默，「本來我和志豪雖然在計劃怎麼整整妳、顧詩函和林康雯，不過好像有人搶先一步的樣子，而且手段很殘忍。」

「是嗎?該不會是你們兩個串謀殺害詩函吧?」嘉慧猛然從沙發站起，指著思寧和志豪，「一定是你們!你們是一夥的!」

「黃嘉慧!妳冷——」接下來的「靜」字還沒說出口，思寧忽然毫無預警地倒了下來。

「思寧！」志豪立刻衝到思寧身旁，「思寧！妳怎麼了？」

「伯父！伯母！思寧昏倒了。你們快過來看看，思寧昏倒了！」

嘉慧也嚇了一跳，想要穿過客廳去找思寧的父母，但是就在那瞬間思寧家的客廳突然形成一個密閉的空間，一股茫茫的黑霧從四周湧進來。志豪和嘉慧不得不同聲大叫。

「伯父！伯父？有沒有人在啊？」志豪抱住思寧，眼前的景象讓他冷汗直冒。

「這、這是怎麼一回事？」嘉慧此時顧不得自尊，連忙躲到志豪身邊，「爲什麼突然變黑了？爲什麼我找不到走廊？」

「我怎麼知道！」志豪沒好氣地推開嘉慧，一把抱起思寧，把思寧放在沙發上。

「你還有時間管她？」嘉慧尖叫道。

「妳這個人眞的很惡毒耶！走開啦！」志豪心中雖然也很害怕，但還是拚命想搖醒思寧，「思寧、思寧……妳快醒醒！」

「思寧不會醒的。」志婷的聲音幽然傳來。

「姊？！」志豪呆了呆，從沙發旁站起，四處張望，「姊，是妳嗎？」

「是呀，是我。」志婷的聲音愈來愈清楚，終於，從黑暗的一角走了出來。她沒什麼改變，就和生前一樣。

「姊，太好了。」志豪的眼神變得空洞，緩緩走向志婷。

「哇啊！」而嘉慧則是不停地尖叫著，「拜託，來人啊！」

「嘉慧，妳別怕，我們來陪妳。」這聲音是——顧詩函！

顧詩函和林康雯兩人突然出現在嘉慧背後，兩人的手同時搭上了嘉慧的肩膀，嘉慧嚇得拔腿就跑，但是已經無法找到出路了。思寧家的客廳似乎在瞬間多了幾道牆，根本就找不到門，嘉慧在客廳裡繞著圈子跑，撞倒了沙發之後還是爬了起來。

「嘉慧，妳怕什麼？」詩函的手不知道何時又搭上了嘉慧的肩，「我們三個人是好朋友，對吧？」

高大的林康雯也擋住了嘉慧的去路，「沒錯！妳不會背叛我們的友情，我們也不會背叛妳！」

「無論如何我們都要在一起！」詩函的指尖開始用力，慢慢收緊。

「哇！不要！」

嘉慧淒厲的慘叫聲似乎對思寧起了作用，躺在沙發上的思寧緩緩睜開了眼。沒想到她一睜開眼，就發覺自己身處的地方非常怪異——這應該是家裡的客廳，可是——接下來的畫面更令思寧差點沒再度昏過去——

「顧詩函、林康雯……還有陳志婷？這到底……」

「李思寧！快救我！」就在嘉慧向思寧求救的剎那，詩函的指尖已經深深插入了嘉慧的肩頭。

「李思寧，今天的事和妳一點關係都沒有。」陳志婷一手牽著志豪，嘴裡吐出低沉的恐嚇：「妳給我老老實實待著。」

「快來救我……」黃嘉慧嚎啕大哭，發出刺耳的慘叫。

思寧捂住了眼，不敢再看下去，只聽到黃嘉慧的身體發出奇怪的響聲，好像被人用手指撕裂似的，又像被人啃食著，那些殘酷的聲音讓思寧幾乎要發瘋了。

「陳志婷！妳快住手！」思寧終於還是睜開了眼。

「什麼？我什麼也沒做呀……」陳志婷原本美麗的臉開始有些變形，嘴裂得很大，嘻嘻笑著，「妳看清楚，是黃嘉慧的死黨們……不是我唷……」

順著陳志婷的眼光看去，思寧反射地吐了出來。林康雯和顧詩函蹲在地上，把黃嘉慧的肋骨一根根地抽出來，黃嘉慧在地上顯然還沒有斷氣，她張著嘴向思寧求救，但是只有幾絲空氣鑽進她的口中，沒有任何聲音發出。

思寧感到自己的心臟快要負荷不了，吃力地別過頭，「陳志婷……妳夠了吧？」

「夠了……就快夠了。」志婷笑著貼在志豪耳旁，悄悄地說了幾句話。

「妳……不至於連志豪都不放過吧？」思寧叫道。

「李思寧！不能讓她控制住志豪！」突然間另一個渾身是血的陳志婷出現了，她滿臉痛苦地向思寧求救，「她是狐仙——她要志豪的命——快幫我！」

「陳志婷，妳真的是嫌死得不夠慘嗎？」化作陳志婷形體的狐仙這下子露出了可怕的原貌，「妳忘了我們的約定嗎？讓我提醒妳，如果違背我，妳就得墮入無止境的邪惡折磨之中！」

「我不能坐視妳傷害志豪！」志婷叫道，「求求妳，大仙，放過志豪！」

「是陳志豪自願用三年的壽命換妳回來相聚，可不是我逼他的喔！」狐仙嘿嘿地笑著，突然放開了原本緊抓的志豪。

思寧立刻衝到志豪面前，舉起手來給了志豪幾個清脆的巴掌，沒想到志豪像是行屍走肉般，一點感覺都沒有，只是不停地往前走！

「陳志豪，快停下來！」思寧發狂似地尖叫。

如果志豪再往前走，就會撞上落地窗。思寧家住十七樓，若是志豪真的撞破玻璃窗的話——

「呀——」志婷突然飛撲向狐仙。

「可惡的東西！我幫妳殺了林康雯、顧詩函、黃嘉慧和妳那該死的養父，妳竟敢這樣對我？！」狐仙化作一股綠色氣體消散無蹤，嚎叫飄浮在四周，「我要讓妳永遠待在阿鼻地獄！竟然膽敢跟我對抗——」

「我不能讓妳傷害志豪！」滿身鮮血的志婷在瞬間也突然消失，只留下她的話聲迴盪在空中。

此刻志豪已經走到了窗邊，思寧連滾帶爬緊緊抓住志豪的臂膀，沒想到精神受到控制的志豪竟然恍若無知覺般，拖著不願放手的思寧繼續往前，並且用身體用力地撞擊玻璃窗，想要一躍而下。

「陳志豪！你醒醒！我求求你！快點醒醒——」

思寧淒厲地尖叫著，但是徒勞無功，志豪還是失去了意識，「砰、砰」地撞著玻璃窗。雖然思寧家的玻璃窗是使用高級的強化玻璃，但是也禁不起重複不停的猛烈撞擊。

「天哪！快停下來！」思寧死命地抓住志豪，她注意到其中一塊玻璃上出現了裂痕，「怎麼辦？光憑我的力量根本沒辦法阻止……志豪，拜託！求求你快停下來……」

漸漸地思寧感覺到自己的手已經失去力氣，而拚命撞擊玻璃想要跳下十七樓的志豪也已經將玻璃窗撞出一個相當大的圓形裂痕，再這樣下去的話……思寧憑著意志力抱住了志豪的腰，把志豪推倒在地，但是完全不知道疼痛的志豪如同一具機器人似的，立刻站了起來，再度開始撞擊玻璃，就在此刻，已經到達極限的玻璃窗發出「嗤」的聲響，裂紋像是生長中的藤蔓迅速蔓延到窗框的四個角落。

「不要！」思寧還來不及伸手拉住志豪，志豪已經從完全碎裂的窗口飛了出去

——

□

強光。

志豪不自覺地收縮著瞳孔。

奇怪，身體完全動不了——

志豪乾脆再度閉上眼，他試著回想在陷入昏迷之前，他看到了……對，是姊姊，在思寧家看到姊姊回來了，思寧昏倒，還有黃嘉慧，黃嘉慧好像也在思寧家……很不清楚很不明確的記憶讓志豪頭痛起來。

「徐叔叔，我朋友他現在情況還好嗎？」很熟悉的聲音在志豪耳邊響起。

「從十七樓掉下來還能活命的傢伙，我是第一次見到。血壓什麼的都很穩定，大腿骨的骨折只要三個月就能康復。這個年輕人的生命力很強，眞的是奇蹟。」

「因爲六樓的住戶剛好在進行外牆整修的工程，所以他掉到工人搭的帆布篷上，眞是不幸中的大幸。」是思寧，是思寧在說話。

「喔，原來如此……不過從他入院到現在，他的家人好像一次都沒來過，只有妳和妳爸爸來看過他……聽妳爸說，這個小男生的爸爸前幾天也過世了，是嗎？」

什麼？！

爸爸他——

志豪猛然張開眼，讓思寧和站在病床邊的徐醫生嚇了一跳。徐醫生連忙按住志豪，「好，別激動，你現在身上都是傷口，不能亂動，一動就會裂開！」

「——我、我——」雖然張開嘴很久了，但是志豪好不容易才發出一個「我」字。

思寧見狀連忙安撫，「志豪，你冷靜一點。」

徐醫生說道：「我先出去好了，待會兒會有護士來替他量血壓，記得，別讓他太激動。」

「謝謝徐叔叔。」思寧按住志豪插著點滴的手臂，說道，「志豪，你放輕鬆一點。」

「……這到底……到底是怎麼一回事？剛剛那個醫生爲什麼說我爸過世了？還有，之前發生了什麼事？爲什麼我會在這裡？」志豪緊捉住思寧的手。

思寧依勢在病床邊坐下，考慮了數秒之後才開口，「本來不想那麼快告訴你，不過……你遲早都會知道的……你爸爸他……真的過世了。」

「什麼？！怎麼可能？！」

「志豪！你冷靜一點，你再這樣激動的話，我就要叫護士替你打鎮靜劑了。」思寧一時還真不知道該怎麼說才好。她嘆了口氣，說道：「那天我們從警局回到我家，不是在樓下碰到了黃嘉慧嗎？後來就一起到我家去了，記得吧？」

「我還記得，說話說到一半，妳就突然昏了過去。」志豪拚命思索著，「……後來，我好像看見了我姊……」

「——總之，那天晚上黃嘉慧也死了，你神智不清撞破了我家的玻璃窗，掉到樓下——我家在十七樓耶，你知道嗎？要不是六樓的住戶搭了施工用的帆布篷，你早就完蛋了。」思寧實在不願去回想那個恐怖的夜晚，她避重就輕地繼續說道：「後來，警方通知我……你父親在那天晚上也被謀殺了，死狀很慘。」

「我爸……他、他到底怎麼死的？」志豪忍不住紅了眼，「快把妳知道的都告訴我！」

「他……他……兇手從他的頭部敲開一個洞……然後從頭皮開始……把他的皮膚……全都剝了下來……」思寧光是想就覺得反胃，她不願再談這樣的話題，於是從病床旁站起，「……護士怎麼還沒來幫你量血壓？真怪。我去外面看一下好了。」

思寧關上房門後，志豪的淚水忍不住潰堤。

「志豪，志豪……」忽然間，志婷的臉孔出現在醫院天花板的上方。「姊姊等了你好久……謝謝你用三年的壽命換姊姊回來的機會……」

志豪兩眼立刻翻白，彷彿被掐住脖子似地四肢不停地掙扎起來，志豪張開嘴想要呼吸想要求救但卻發不出聲音，一雙無形的手緊緊掐住了他的喉管——志豪的手腳瘋狂地擺動起來，上了石膏的腳在床上發出砰砰的悶響。

「雖然捨不得你死，可是答應過狐仙的事，不能不算數……這次，一定要兌現你的諾言了……」

志婷的臉露出了笑容，一下子那張嘴便嘻嘻嘻地裂到了耳邊，雙目也往上吊起，活脫脫就是一張——狐狸的臉。

□

秋日總是給詩人許多哀愁感，但是熱戀中的情侶即使到了秋天也完全不受蕭瑟的秋風影響。美術公園的一角，長椅上坐著一對情侶正在談論著關於這裡的鬧鬼傳聞，雖然這似乎並不太適合當作情侶之間的話題，但老是談情說愛也很容易厭煩。

「——你說的是眞的嗎？眞的有這種事？」

「是啊，聽說後來那個男的還是死掉了。眞慘。」

「所以說呀，不可以隨便許願。」女孩子說道，她認眞地想了一會兒，忽然笑起來，「你說，那座狐仙廟就在這附近，是嗎？」

男孩子點點頭，「聽說就在公園附近喔。」

「那……我們去看看好了。」

「不要啦，那裡現在都沒人敢去了。」

「你是不是男生呀？眞膽小。」

男孩子受不了這種挑釁，從長椅上站起，「笑話，我怎麼會膽小呢？去就去！」

於是這對年輕的情侶穿過了公園，來到小小的狐仙廟之前。女孩子雙掌合十向狐仙拜了幾拜後，轉頭向男孩子一笑。

「喂，我們一起來許願。」

「妳亂說什麼呀……幹嘛許願？」

「來嘛，就說我們要永遠在一起呀。」

拗不過女孩的要求，男生拿起一旁的紅絲帶，「妳來寫吧，要永遠在一起。」

「沒錯，永遠。」女孩子認眞地寫下：「永遠、永遠～」

他們的願望在七天之內就實現了。

因爲畢旅時遊覽車發生事故，兩人和班上其他的同學全部罹難。

The End

後記

其實一開始不覺得《鬼狐同學》這篇作品寫得不錯。但藉著改版的機會，重新審視了一下，我發覺它其實是篇四平八穩的故事。

記得當初以《祈怨》之名發表時，有讀者上部落格問我，爲什麼像志豪這樣的好人也會死，不是應該只有壞人死掉才對嗎？很抱歉，這世上的好人本來就不見得有好命運，有很多甚至連好日子都沒有；我只是眞實反映這種情況而已。

另一篇《血營》，舊名《死亡營隊》；但其實當初在交稿時，《血營》才是原本的篇名。

《血營》這個故事源自我的夢。我夢到自己被困在一所恐怖的修道院中，而身邊的同伴被人折斷骨頭，一一死去。到底爲什麼會做這樣的夢，我也不清楚，但既然是個完整的夢，那就用來作爲主題，好像也不錯的樣子。

總之，希望各位喜歡。

鍾靈　於台北

二〇一一．三月

鬼狐同學
The Fox Fairy

國家圖書館出版品預行編目資料

鬼校怪談：鬼狐同學/ 鍾靈著. ——初版. ——臺北市：
春天出版國際, 2011.05
面； 公分.——（鍾靈作品；05）
ISBN 978-986-6345-71-5（平裝）
857.7 100003545

鍾靈作品／05
鬼校怪談：鬼狐同學

作者 ◎ 鍾靈
總編輯 ◎ 莊宜勳
責任編輯 ◎ 黃郁潔
封面繪圖 ◎ 班目
封面設計 ◎ 克里斯

發行人 ◎ 蘇彥誠
出版者 ◎ 春天出版國際文化有限公司
地 址 ◎ 台北市忠孝東路四段303號4樓之一
電 話 ◎ 02-2721-9302
傳 真 ◎ 02-2721-9674
E-mail ◎ frank.spring@msa.hinet.net
網址 ◎ http://www.bookspring.com.tw
部落格 ◎ http://blog.pixnet.net/bookspring
郵政帳號 ◎ 19705538
戶 名 ◎ 春天出版國際文化有限公司
法律顧問 ◎ 蕭顯忠律師事務所
出版日期 ◎ 二〇一一年五月初版一刷
定 價 ◎ 180元
總經銷 ◎ 楨德圖書事業有限公司
地 址 ◎ 台北縣新店市復興路45號3樓
電 話 ◎ 02-2219-2839
傳 真 ◎ 02-8667-2510
香港總代理 ◎ 一代匯集
地址 ◎ 九龍旺角塘尾道64號 龍駒企業大廈10 B&D室
電 話 ◎ 852-2783-8102
傳 真 ◎ 852-2396-0050

排 版 ◎ 浩瀚電腦排版股份有限公司
印刷所 ◎ 鴻霖印刷傳媒事業有限公司

ISBN 978-986-6345-71-5
Printed in Taiwan

The Fox Fairy

鍾靈作品

私の，限りなく残酷でいて，怖い手帖——

The Fox Fairy

鍾靈作品

私の，限りなく残酷でいて，怖い手帖——